JN115459

栄養のない野菜

つまみ食いエッセイ集

山田英美

春風社

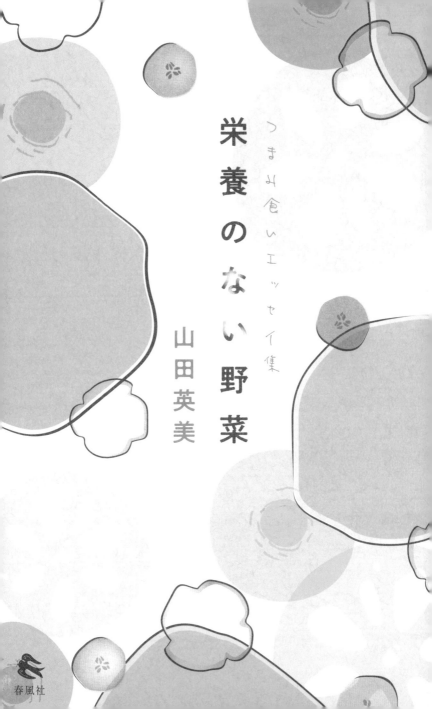

つまみ食いエッセイ集

栄養のない野菜

山田英美

ササユリ（著者画、パステル、二〇二三年）

目次

I　芽

II　蕾

III 彩

IV 実

Ⅰ 芽

コケちゃん

わが家の洗面所の棚の上に、三匹の動物がいる。動物といってもミニチュアの玩具だが、一匹はうす茶色の柴の仔犬、もう一つは首を振る張子風のトラ。そしてニワトリのコケちゃんである。

コケちゃんは他の二匹よりも足元が一つにすぼまっており、安定が悪いので、すぐこける。したがって「コケちゃん」というとわたしは「こける」を連想してしまうのだが、Yくんにとっては、時を告げる勇ましい鶏鳴だったろうし、そうあってほしい。あれから三十年ほどたつが、その後のことはわからない。

＊　＊　＊

「やったー！　コケちゃん、がんばったよ！」

六歳のYくんは、砂の箱（箱庭療法の箱）に砂の山をつくって、山の裾から手でコケちゃんを「よいしょ、よいしょ」とゆっくりと歩かせ、てっぺんまで登らせて立たせて、ほんとうに満足そうな、感無量といった笑顔で手を叩いた。

Yくんが「コケちゃん」と名づけたものは、体長二センチほどの石膏で作られたニワトリの玩具である。体の割には大きな鶏冠《とさか》を頭の上にのせており、その赤色が少し剥げている。ぴんと立った尾羽は、それなりに威厳を見せているが、白い体躯全体はうす汚れている。

幼稚園年長組になってから一年ほど、ほとんど毎週わたしのところに通ってきていたYくんは、色白のほっぺがぷっくりしたかわいい坊やだが、ストレス性の頭髪脱毛の症状があった。小学校入学に向けて、心配した両親や祖父たちが相談治療に連れてこられたのだった。原因は家族内の環境の変化によって、賢いがゆえに神経が痛めつけられて心身症を呈したものと思われた。

子どもには通常プレイセラピー(遊戯治療)を行う。母方の祖父に連れられてきた初日に、

「おじいちゃんも、内にいてもよいかい?」

と、祖父が、絨毯の敷いてあるプレイルームの片隅に入ろうとされたとき、

「イヤだ!!」

と、振り返ってきっぱりと言った。そのはっきりした言動に、わたしは少し驚いた。Yくんは意志が明瞭でおじいちゃんとはそれが言える間柄なのだと感じつつ、しかも最初からプレイセラピーの意義をしっかりと分かっている子ども…というような不思議さを抱いた

のだった。多くの子どもは見慣れないプレイルームやセラピストにたいして、最初は戸惑いや人見知りのもじもじした様子を示し、付添いの人から離れるのを渋ることもあるのだが、Yくんは待ってましたとばかりに、おもちゃやいろいろなものに興味を示した。

その守られた空間の中で、Yくんは思う存分幼い遊びをし、時間が来て迎えにこられたおじいちゃんに、明るい表情で手をひかれて帰っていった。

ある日、天井からつりさげたサンドバッグに乗りたいらしいようすなので、抱っこして乗せてあげようと後ろから抱えようとすると、

「あ、ぼく、重いよ」

と、振り向いて遠慮がちに言う。

ある日、大型の遊具でいっしょに遊んでいるときに、わたしが何かを踏んだはずみに跳ねかえった部品が瞼《まぶた》のところにあたって出血した。水道で洗いながら
「Yくんでなくて、ほんとに、よかった!」

と言うと、

「ぼくだったら、泣いちゃってるよ」

と、心配そうにのぞきこみながら、素早く自分のポケットからハンカチを取りだして渡してくれる。

『きみのそういう気遣いや〝いい子さ〟が、頭髪を薄くしてしまうんだよね…』とわたしはつくづく思ったものである。

ある日、Yくんは五分おきくらいに壁の時計を見るので、

「時間が気になるの?」

とたずねると

「うん。だってね、ここから帰ったら、スイミングに行ってね、それから公文に行かなくちゃならないの」

と言う。「だってね」という表現は、わたしの質問にたいして子どもなりの真正面に応える姿勢を表わしているが、それらのおけいこ事が好きなのかどうなのかはその時点ではわからなかった。

年が明けた頃には、髪はふさふさと伸び、坊ちゃん刈が似合う愛らしい姿になっていた。Yくんはよく、たくさんあるミニチュアの動物の中から、小さなニワトリを選んで、手で歩かせたり弄んだりしていたが、ある日、前述の砂山をこしらえて、そこで登山をさせたのである。コケちゃんはYくんの現し身として、がんばっている自分を表わしており、自他ともに感無量の瞬間だった。

その後日、お母さんが言われるには、

「Yは『公文やめたい。スイミングもやめたい』ってわがままを言うんです。そんなことを言う子ではなかったのですが。『でも○○（プレイセラピー）には行くよ。おとなにいゝ、いゝ、いゝ、なっても行くよ』って…」。

母のこの言の裏を察するにはわたしはセラピストとして未熟だったと後で大いに反省したのだったが、そう捨て台詞のようなことを言われてから、ふっつりとYくんが連れてこられなくなった。母親の心理的抵抗がYくんを相談室から遠ざけたのだろう、と思う。

「コケちゃん」を見るたび、わたしはおとなになったYくんの幸せを願いつつ、そっと立たせて歩かせてみたり、三匹のミニチュアキャラクターたちが仲良くしているような光景をつくるのが楽しい。

奥能登《おくのと》 珍食旅の記

岩手県に住む古い友人Nさんから、旅の誘いがかかった。「十七年前の『暮しの手帖』に載っている奥能登の湯宿Sにどうしても行きたいの。金沢の料亭の記事もコピーして送るから、いっしょに行けるか考えてみてくださる?」

彼女は一年余り前に伴侶を亡くして以来、涙がとどまることなく鬱うつとした日々を送っていたが、最近ようやく「食」に関心が向き、それも特別おいしいものを求める気持ちが高じたそうである。間もなく、金沢のTという高級料亭の食レポと、奥能登の珠洲《すず》市にある湯宿Sのたたずまいと料理などの、きれいなカラー写真満載のコピーが送られてきた。

ある意味のセンチメンタル・トリップを考えたNさんには、もちろん付きあいたい気持ちでいっぱいだ。が、何から手をつけるか。二泊三日の旅程で互いの都合の良い日程を二、三用意しながらとりあえず湯宿Sに電話してみる。何しろ十七年前の記事である…。幸運なことに宿は健在であり、一日三組しか受けないがこの日なら、というところを抑えることができて、第一関門は通過。次は翌日の金沢の料亭である。案外ここもやっているか？と思いつつ記事をよく読むと、ランチコースで二万円弱、ディナーともなると…正直、値段に気おされた。そんなことを娘に話すと、「旅は非日常なんだから、そこんところはNさんの希望に沿って計画したら？　でも、わたしならそこまで高いところは敬遠するけど」と、まっとうな意見である。

とにかく最近の情報を得ようと電話してみると、電話口に出た男性が、料亭Tは去年の十一月に閉店した、と話す。男性は店とは関係のない人らしかったからT店がその地で相当有名なことは想像できた。折り返して報告するとNさんのがっかりした様子が電話の声の調子からも伝わってきたが、じつはわたしは、超高額の食事から一旦免れたことに、内心ほっとしていた。

Nさんは主義主張のはっきりした人で、以前からパソコンもテレビも使わずファクシミリもない生活を固持しているので、もっぱら携帯電話と速達便でのやりとりのため、一つひとつ決定までにこぎつけるのに時間がかかる。紆余曲折を経て、結局、T店に匹敵する金沢での料亭探しはやめて、わたしたちの旅は奥能登一本にしぼることになった。〝奥能登〟のひびきは、わたしにも魅力的だ。

公共交通機関は、北陸新幹線で金沢駅、そこからJR七尾駅まで北上し、その先は

〝のと鉄道〟の穴水駅どまりである。奥能登内の移動はレンタカーしかない。滞在中の運転はわたしが引き受け、免許を持たない彼女は車にかかる費用は全額負担すると申し出てくれた。穴水駅で予約しておいたレンタカーで珠洲市へ向けて出発し、未知のルートを辿って無事に湯宿Sの敷地に入ったのは四時すぎだった。短日に向かう秋なので明るいうちに目的地に着けたことに、まずはほっと胸をなでおろした。

地面に届くばかりに四方八方に枝を広げたモミジが、輝く紅葉で迎えてくれた。その奥に宿の建物が端然とひかえている。一切の不要なものを排した玄関では、客は銅鑼《どら》をたたいて来訪を告げる。そういった非日常的な空間に入ってしまうと、胸を震わせる一つひとつのもののたたずまいがかえって声を抑えさせる。わたしたちは旅装を解くと離れのゲストルームでコーヒーを飲んだり地図を確認したりしてゆったり過ごし、夕飯を楽しみに待った。Nさんは名工の手になるらしい頭上の梁のすごさに感動しきりのようす。

夕食は広間で供された。料理は、例えば大根という素朴な素材に魂を込めたような時間と手間がかかる調理法が結実した一品が続き、三組の客全員をうならせた。食事を共にする中で会話もはずんだ。

翌朝わたしたち二人は輪島に向かう途中にある日本海に面した道路沿いのカフェSでコーヒータイムをすることにしていた。カー・ナビが「このあたり」と告げる。「あれかしら?」

と、それらしい看板に近づいてみると【カフェＳ　手前20ｍ　あ～あ、行き過ぎちゃった！】とある。「心理を読まれちゃった！」と二人は異口同音に言いつつ、車をUターンさせた。道路を挟んで海の見渡せる質素な外見の建物の横にバックで止めて、店内を透かし見ると、人影は動いているが暗い。と、さっと出てきた細身の青年が「開店は十時半からです」と言う。まだゆうに一時間はある。しかたがないコーヒーはあきらめましょうと、輪島の朝市へ向けて道路に出ようとしたとたん、車の左側に「シュー」という異音を聞いた。「えっ、何？」嫌な予感を消したい思いで降りて見ると、下につき出たブロックの角でドアをこすっていたのだ！「あ〜あ、塀に寄せすぎちゃっていたのか…」。胸にずしんと重いものを抱えながら、ま、相手があるわけじゃないからいいか…とそのまま車を走らせた。相棒のNさんもたいして気にせず、パンフレットで明日の昼のごちそうのリサーチに余念がない。

奥能登のふちを反時計回りにぐるりとめぐって朝市も楽しみ、半島の東側にある二晩めの宿に着いてから、レンタカーセンターに電話してみた。応対の若い女性の声は、いったんは気軽に応じたが、折り返しの電話で全部保険で修理するにはその場所で警官立会いの下の事故証明が必要だと言う。「これからその場所へ行けますか？」「むり〜遠いし暗いし、よけいに危険です」「明日は？」「何とかスケジュールを検討してみます」。そして件《くだん》のカフェSに子細を連絡した。

朝食をゆっくり味わうことも犠牲にして、カー・ナビの指示に従って行く。「あ、昨日の宿の近くよ！」。つまり、能登半島を一周するドライブとなった。ほどなく、例のおもしろい看板が目に入った。今度はその写真を撮るためにわざと近くまで行って車を止めると、店で待っていてくれたらしい昨日の青年店員が駆けてきた。そして店長や警察や必要なところへてきぱきと連絡をしてくれた。

笑顔の美しいカフェの男性店長と穏やかな能登なまりで言葉を交わすポリスマン。

「何事もないよりおもしろい。この地の人の人情にも触れたし」とのNさんのポジティブな発言は、わたしのちょっと憂鬱な気分を吹き飛ばしてくれたのだった。

ベルギーワッフル

いつかその国で味わいたいという淡い憧れがあって、ヨーロッパ旅行でベルギーのブリュージュ市に立ち寄った時、自由な一日の中で外ランチにそれを食べるのを、わたしは特に楽しみにしていた。その名を聞けば、すぐあの形の焼き菓子が思い浮かぶほど日本でもポピュラーになっているスイーツである。

ブリュージュは「橋」の意味だそうで、市の中央を流れる河のあちら側とこちら側をつなぐ橋が多いのが印象的である。橋の下をくぐって客を満載した小さな船が行き交う。河沿いの街路にワッフル店が何軒かあり、ウインドウにワッフルを山と積んだ一軒の店に引き寄せられて、わたしはひとりワクワクしながら中に入った。無口そうな店主が奥で焼きながら、時々客の注文伺いに姿を見せる。ワッフルの上にカットした真っ赤なイチゴを山盛りにしたものと、四角い溝に粉砂糖を振りかけただけのシンプルなものがあり、わたしはまずシンプルな味を見たいので、後者とコーヒーを注文した。

これぞ本場のベルギーワッフル！　香ばしくほんのり甘く、ほっとする幸せな時間を与えてくれた。旅の間いろんな料理を食べたのに、どんなごちそうよりしっかりと記憶にとどまった。

帰国してからもその余韻は大きく、「焼き器がほしいなぁ」と何度かつぶやいていると、娘が母の日のプレゼントにと、電気ワッフル焼き器をプレゼントしてくれた。地方都市の店にはあまり置いてなくてあちこち探して唯一見つかったのがこれ、との苦労談付きで。以来、粉の種類や混ぜ物を変えたりして、日常的にワッフルを楽しむようになった。

ある年に、ベルギーからの旅行団の中年女性二人のホームステイを、YMCAの依頼を受けて引き受けた。三日目の朝食に、お接待の気持ちでワッフルを焼いて供したところ、

「わたしはまだ一度も、家でワッフルを焼いたことがありません」

「何かのお祭りの折などに、祖母が焼いて持ってきてくれることがありますけど」

と、二人が口をそろえて言われて、驚いた。

二人のお客は、別々の高校で一人は家庭科、もう一人は保健体育を専門に教える先生たちだったが、ワッフルについては同じことを話されるので、一般家庭ではそう頻繁に食卓に上るものではないらしいことを、わたしは初めて知ったのだった。

ブリュージュで見たたくさんの店は、観光客向けにあるということだった。一般のベル

ギー人にとってのワッフルは、日本の場合で考えるとなにかのお祝いの日にあらわれる「赤飯」のような存在なのだろうか。

　近年日本ではいろんな国の料理が幅広く取り入れられて親しまれているが、それゆえに、食文化に関してその国の実情とはずれがあるイメージをもってしまっているかもしれない。またその土地にちょっと踏み入れても、必ずしもその文化の微妙なありかたを正確に把握できるわけではない。そのためいろんな機会にさまざまな角度からの知見を得ることが大事だと痛感した出来事だった。

　こうしてわたしの認識は塗り替えられたが、ベルギーワッフルへの思いや好みまでも変化したわけではなく、相変わらず

「そうだ、ワッフルを焼こう！」が日常にある。

蟻のオクション

虫の類は個体はちいさくても、数で迫ってこられると恐怖をおぼえるのは、多勢に無勢という態勢のもたらすわたしたちの本能的反応ではないだろうか。

蟻は、世界中いたるところに多くの種類が生息して、常に集団で生きる生態を見せている。そのせいか多勢で動きまわっている姿には、わたしたちはいちおう慣れっこになっている。そして、「アリとキリギリス」などの童話にも語られるように、まめまめしく働いているようすの蟻たちは、人に好ましい印象すら与えている。ただし、現実に何か特別な利害関係がない場合にかぎり――。

わたしは、ある時に体験した出来事のために、心理的な蟻アレルギー状態に陥って久しかった。しかしこれも時間が与えてくれる賜物だろうか、今は振り返って、まれな事件の思い出として語ることができるようになっている。

若い二人の同伴者と、ネパールの首都カトマンズに一か月余り滞在していた時のことである。わたしの泊まっていたSホテルの部屋は、三階にあった。部屋に入ると窓側の壁の窪みに沿って小さな蟻が忙しそうに上下しているのを見て、ちょっと嫌ではあったが、牛や山羊などの動物と人間が親しく共住している社会なので、「さすがネパール」という風景の一つとしてむしろおもしろさを感じて、看過することにした。

荷物を整理して、大切な物は部屋に備えつけのスティール製ロッカーにしまった。なかでも日本から持参した発売ほやほやのソニーの新型八ミリカメラは、念入りに専用のケースに収め、三日ほど後にカトマンズの郊外にあるトリブヴァン大学を訪問するときまでは使わないということで、棚の真ん中に置き、ロッカーには施錠した。

壁を伝う蟻は、日を追って数が減っているように感じられ、ほとんど姿が見えなくなったときには、お客が入ったから遠慮して外に出ていったかなと、内心ほっとしていた。

大学訪問の当日、Sホテルのオーナー P氏が運転する車の助手席にはわたしが、後部座席には連れのMさんとT君が座り、T君は八ミリカメラのケースを大事に膝にのせて運んでくれた。かなりの距離を走ってようやく大学の車止めに着き、わたしとP氏は先に降りたって、殺風景なキャンパスの道路をおしゃべりしながら建物に向かって歩いていた。後からすぐ来るはずの二人がなかなか追いつかないのに気づいて振り返ると、はるかに離れた車止めのところに人だかりができていてざわついている。何をしているのかと二人の名を呼ぶと、声がとどいたらしく、Mさんが人の群れから飛び出してこちらへ駆けてくる。走りながら「見ないほうがいいですっ!」と変なことを叫ぶ。それだけ言うと彼女はまた元の方へとって返そうとする。「見ないほうがいい」と言われたって見ないわけにはいかない。わたしは、何事がおこったかわからないままに人だかりの輪に分け入った。

そこに展開されていた光景は…まったく受け入れがたいものだった。地面に置かれた銀色に輝くカメラから小さな黒いモノが右往左往しながら湧き出して、ドーナツ状の輪を描いている。どこから湧いてくるかと思われるような人だかりの黒い輪も大きくなっていく。だがそこに集まってきた現地の人たちも唖然とした表情で見守るばかりで、誰もその摩訶不思議な光景に区切りをつけることができない。

青ざめた表情のT君の説明はこうだった。車を降りる前にケースのファスナーを開けたときには何の変化もなかった、静かだった。カメラをつかんでケースから取りあげたとたんに、わらわらと蟻がはい出してきた。びっくりして車から飛び降りてカメラを地面においたら、このありさまになった、と。

荒れ狂う蟻たちを払いながらファインダーをのぞくと、いきなり、レンズに挟まれて身動きできない一匹の蟻が巨大に拡大されて触角だけをうごかしているのが目に飛び込んでくる。試しにスイッチを入れてみると、カメラはすぐに「エラー」の点滅で応える。テープを装填したところを開くと、狭い空間に仕組まれた複雑な構造の部品に沿って卵がびっしりとついて白く光っている。そのまわりをパニック状態の蟻たちが激しく走り回る。中には、こちらの腕に這い上がってかみつく奴もいる。

この卵たちはどうやったらとれるのだろう。石鹸水とブラシでごしごし洗いたい、という無謀で狂った感情に突き動かされる。町のどこかにクリーニングしてくれるカメラ屋はないかとp氏に頼んで、三、四か所あたってもらったが、どの店の店主も気の毒そうに首を振るばかりだった。もう大学訪問のほうもそこそこになってしまって、哀れなカメラを抱えて引き上げたのだった。

一夜明け、ふたたび恐るおそるテープ装填の場所を開いてみて、アッと驚いた。粘着物質であれだけびっしり強くくっついていた卵がきれいさっぱり姿を消していて、ふき取ったように跡形もなくきれいだったのである。残った働き蟻たちがカメラのさらに底の方の見えないところに運びこんだらしい。その見事な仕事ぶりには、敵ながら尊敬の念すら湧いた。おそらくまだ百匹以上の蟻が息をひそめているにちがいない、とひまさえあればカメラを揺さぶって〝住民〟たちの強制立ち退きを執行するMさんの辛抱強さにも感心した。わたしは、ネパールの手ごわい異種蟻を日本に上陸させてはならないという一念で、帰国までには一匹残らず立ち退いてもらいたいと、Mさんに加勢していた。心優しいT君は、その日から幾晩か、蟻の大群が正面から向かってくる悪夢に悩まされたそうである。

帰国後その大切なカメラは、一縷の望みをかけていた日本の技術をもってしてもすっかり元通りにはできないということで、やむなく処分されてしまった。

一方、ネパールの蟻たちの立場に思いをいたせば、ロッカーの中に古アパートではない新築のかがやくオクションを見つけて、意気揚々と一族みんなを集めて快適な住まいにしつらえたつもりだったのかもしれない。蟻のもつ不可測なパワーには脱帽である。

エレファント・マン

ポカラは、ネパール屈指の観光都市である。雨季から乾季に転ずる晩秋。北の国境線に沿って連座し巨大な壁をなすヒマラヤ山脈の西寄り、六九九三メートルのマチャプチャレ峰が、圧倒的な迫力で白く輝く姿を間近に現す。マチャプチャレは「魚の尾ひれ」の意味で、西北にぐるりと回って行くと魚をさかさまにしたような双またの峰がそびえる。町の中心地から見る姿は、わたしが暮らす甲府市街から望む三角形の甲斐駒ヶ岳に似ていると思った。

その年の訪ネ旅には、Y大学の学生二人(AさんとD君)が同行していた。彼らにとっては初めての海外ということであり、ましてあまり情報に触れないネパールのこと、見るもの聞くものすべてが新鮮なようすだった。マチャプチャレを眺めて、「かいこま(甲斐駒)だ!」とはしゃぐ彼らと、次の訪問場所に向かうために高速バスに乗り込んだ。

ポカラからバスで一時間ほど走ると、もうインドとの国境に近い森林地帯になる。わたしたちはそこでジャングル・ウオークを計画していた。D君の席は後方に、Aさんの席はわたしの斜め前の通路沿いにあった。満席におさまっている乗客は、現地の人の他、インドや欧米系の旅行者も多いようだ。あと少しで出発の時間。バスはエンジン音を大きく立てて窓ガラスをふるわせ始めた。

その時、灰色の一枚布をゆったり頭からまとった老人らしき人と、その人の手をとる少年が、ステップから上がってきた。そして、ネパール語で一言何か言って通路をゆっくり進むのを感じながら、わたしは膝上の物に気をとられて目を下に落としていた。と、突然Aさんが、

「せんせい、こわい！」

と、身をよじり、引きつった顔で叫んだ。何事?!　と驚いて顔を向けると、うす汚れた木の椀を手にした少年とその連れが、Aさんのすぐそばに立っていた。

わたしは見た。否、まともに見られなかった。老人と思った人の顔は、灰色の皮膚が大きくゆがんで垂れ下がり、片目も鼻も口も隠れて見えなかった。過去に映画の看板で見たことがある〝エレファント・マン〟がそこに！　小声で懇願しながら器を差しだしている細身の少年は、じつに整った美しい顔立ちをしている。おそらく身内か知り合いなのだろう。わたしはAさんを軽く制して、急いで小銭のがま口を取り出し、腕をのばして幾ばくかを器に入れた。

Aさんも我に返ったようすであわてて、震える手で鞄の中に財布を探す。騒ぐ乗客は誰もいない。運転手が「出発するぞー」というような声を発すると、二人連れはそそくさと降車していった。

高速バスは、がたがたの路面にもお構いなしにスピードを出し、対向車がすれ違う時にはサイドミラーどうしがあわや接触しそうな一本道を、トリスリ河に沿って飛ばしていく。車窓には、時に河原に横倒しになったままの大型バスが錆びた胴体をさらしていたりと、自然もまるごと、あるがままの風景がつづく。若者がおもしろがるのに十分である。Aさんは？と見ると、彼女はずっとうなだれて、バスの揺らぎに身を任せている。眠っている様子ではない。

目的地について降りがてら

「だいじょうぶ？　気分でも悪かった？」

と、Aさんをのぞき込むと、しばらく黙っていたが、ようやく、

「『こわい！』って言ったわたしって……と、落ちこんでしまって…」

と述懐した。彼女の言葉に、わたしははっとした。――じつはわたしもこわかった。まともに見ることもできなかった。ただ如才なさそうに振舞ったにすぎなかった。目鼻が普通についているかそうでないかの違いが、それほどの恐怖心をあおる。

日本の社会では決してそこまで放っておかないだろうと思われる身体の変異を成り行きに任せ、むしろそれを〝売り〟にして稼ぐというしたたかさのある社会を想った。いや、そうせざるを得ない現地の人々の哀しさというべきかもしれないが、異常な顔面をさらすことで物乞いをする、言い換えればそれを〝武器〟にする強さなど、我々はとうてい持ちえていない。そうなのだ、武器をつきつけられたと同じような極度の緊張感ゆえに、彼女は「こわい！」と反応した。そして自らのその感情や行為を、ごまかすことなく省みる心の動きが、車中で顔も上げられないほど持続した。

一九八〇年製作の映画『エレファント・マン』の看板は布のマスクをすっぽりかぶっているものだったので、顔かたちは想像するにすぎなかったが、イギリスに実在したまれな病気の男性をモデルにした作品だという。その男性は二十八歳で亡くなっているので、ネパールのあの人を老人だと思ったのは間違っていたかもしれない。

初めて訪れる異国での〝エレファント・マン〟との出会いは、心理学を専攻するAさんにとって、心に残る出来事だったにちがいない。

城崎《きのさき》にて

自宅二階への階段に沿ってしつらえた文庫本専用の棚から、志賀直哉著『城の崎にて』（角川文庫）を手にとった。ずいぶん前に購入したものなので、字が細かいし、紙質も粗く全体が黄ばんでいる。しかしその短編集の「城の崎にて」という題名に対するわたしの愛着は薄れていなかった。城崎がわたしの出身地の兵庫県にあるため、その地で文豪が何を見、どう感じたのだろうという関心とともに、城崎にはわたし自身にとってのある種のとくべつな記憶がまとわりついているからだった。

著者は城崎に赴いた経緯について、山手線の電車事故で負ったケガの後遺湯治のためと説明する。そして三週間の滞在のなかで遭遇した三種の生き物ハチ、ネズミ、そしてイモリの生と死の情景を描き、まかり間違えば…と自分のケガにも思いを及ぼしながら、最後の数行で「生きていることと死んでしまっていること、それは両極ではなかった。それほどに差はないような気がした」と、いわば生と死の静寂な融合を述べる。

わたしの家族が戦後住んだ家は、兵庫県の真ん中あたりにあった。県の南北をふちどる二つの海、瀬戸内海と日本海には、どちらにも同じくらいの距離で行ける。しかし居住世界が狭い子どもの頃は、日本海に面した城崎は日常とはずいぶんと離れた場所だった。

高校一年の冬、健康を害して長期に学校を休んでいたわたしを、両親が城崎への旅に連れ出した。着ぶくれたわたしに強風で白波が逆巻く日和《ひより》海岸や悠久の暗い巌の顔をさらす玄武洞《げんぶどう》を見せ、雪の宿ではかけ流しの温泉とカニ料理……。一人っ子のような親子の空間は物心ついて以来はじめてのことだった。後年、兄から聞いたところによると、五人いる子どもの中でわたし一人を連れて行った旅の目的は、両親には、娘がもしかしたら死んでしまうかもしれないという感じがあって、せめてもの心づくしをしてやりたかったのだという。

城崎から帰る電車からの景色は、深い雪によって物の形の陰影だけとなって色を失っていた。すべての存在が覆いかくされている世界を目がとらえた瞬間、わたしは胸が詰まるような耐え難い気持ちになって目を伏せた。そのモノクロの世界は、当時のわたしにとっては〝死の世界〟そのものだった。白くあいまいな形に覆われた家の中には普通の色があって人々が生活していることや、雪の下には青々とした緑が雪解けを待っていることなどなぜかまったく想像もできなかった。

列車は南に向かって走っていた。

しばらくしてまた窓外に目をやると、積雪の量が薄くなっており、あちこちに物の色が見え始めていた。さらに進むにつれて見事にどんどんふつうの世界が蘇った。そのパノラマを見たときの安堵感。じんわりとした喜びは希望へと確実に変わっていった。まさに〝死〟の入り口をうろうろしていた状態から、〝再び生きる世界〟へ旅したような、象徴的な出来事だった。

今は故人となった父母が心を尽くして用意してくれた旅と、そのとき偶然にせよ、舞台となってかかわった城崎の冬の自然が、親たちの意図をはるかに超えたところで、子どもの心身に〝癒し〟をもたらしたといえる。

青春期の存在にとって、生と死は簡単には融合しない。否、新しい生への跳躍台としての死があるのではなかろうか。

その春、わたしはあらためて高校一年生に復学した。

ある少女の生と死（一）

六月はわたしの誕生月。

「めでたさも 中くらいなり おらが春」と詠んだ小林一茶の心境を想う。あらたまった年内には、命あらばまぎれもなく一つ加齢が待っている。

そういう点からすればいつまでも歳をとらない人……天寿を全うしたとはいえないでこの世からあちら側に忽然と逝ってしまった人々。わたしの身近にもあったそうした何人かのうち、中学生の頃の記憶にいまも生き続ける一人の少女がいる。

村の三つの小学校から一つに集まる中学校で、みさよさん（仮名）は、同じクラスになって初めて出会った人だった。背は大きい方で、口の周りのうぶ毛がやや濃かったが、きれいな顔立ちをしていた。あわてると軽い吃音になるようなところがあって、ほかの人とはほとんど口をきかなかった。ゆっくり話すとわかったので、わたしは彼女の言うことをちゃんと聞こうと耳を傾けた。そのせいか、断片的な会話ではあったが、わたしたちは互いに話しかけるようになっていた。それはわたしにはうれしいことだった。

原因は知らないが彼女は右側の手があまり自由に動かないようで、歩き方もどちらかの足を少し引きずるようなバランスがわるい格好で、活発ではなかった。勉強もできる方ではなかったように思ったが、指名されてまちがった答えをしたときなどには、自分に腹を立てているように、何かつぶやいてどんと椅子にすわったりしていた。責任感の強い人だった。右手をかばいながら寡黙にしゃがんで、左手で一所懸命に教室の床の雑巾がけをする姿が鮮明にうかぶ。

彼女の家はいわゆる部落にあった。了見の狭い田舎の大人たちの間には、部落と一般の双方に「差別意識」がくっきりとあった。部落の誰かの親が、何かのことでものすごい勢いで学校にクレームをつけてねじ込むという場面を見たりして、ちょっと怖いという印象もあった。しかし障がいのおかげで（とわたしは思った）、彼女は部落民という屈折した感情とは無関係なような独特の世界をかもしていた。ソフトでいながら誰にもおもねらない強さがあるみさよさんをわたしは好きだった。身体が弱かったのだろう、彼女はときどき学校を休んだ。

ある朝、みさよさんが亡くなったという訃報が、ひっそりと教室に届けられた。

わたしはクラスの友人代表で弔辞を読むように言われて、放課後担任の先生の自転車の大きな荷台に乗せられて、葬儀場に向かった。

そこは、埋葬される小高い墓地の一画だった。爽やかな風が吹いていた。

弔辞は、文章の上手な先生のどなたかが書かれたもので、子どもの言葉ではなかったが、それでも読みながらわたしが知りうる限りでの生前の彼女の姿が思い出されて、声が震えた。先生の流麗な文章のあとに、わたしは、みさよさんが教室のふき掃除を一所懸命にしていた様子をとつとつと加えた。その勇気は自分でもふしぎだった。読み終えて、それまでしたことのないような丁寧さで、深々とおじぎをした。

教室では、みさよさんがいなくなったことなど誰も気に留めていないようだった。幾日かして彼女の父親からクラスの全員にノートなどの学用品がくばられたときに、ちょっと思い出したくらいではなかったか。――空いた机はいつの間にか取り除かれていた。

彼女がどのように亡くなったのか、語ってくれる人はなく、また、あえて訊ねようとするクラスメートはわたしも含め、誰もいなかった。

軽い障がいと付きあいながら十四歳まで生きたみさよさんの生涯は、どんな家族の中で、どのように暮らし、育ったのか、誰にもほとんど知られないで過ぎ去ったのだ。しかし、与えられたいのちを、短いがひたむきに生きた一人の少女の姿は、わたしの記憶の中にはあの時のままに、消えないでいる。

いちじく

知人から届いたパッケージを開くと、瓶詰ジャムがあった。ラベルには「日本いちじくの」と印刷されている。そういえば以前にもいちじくの実が丸ごとシロップに漬けこまれた缶詰を送っていただいたことがあった。添えの手紙に「缶の中で追熟するので、しばらくおいてから召し上がると、更においしいです」と説明があった。この方はいちじくを愛している感じがする。何か子どもの頃の思い出とつながっているのかな、などと思ってしまう。

わたしにとっていちじくは、ある時期には身近にある食べものだった。

兵庫県の播州平野に続く田畑の真ん中に、長屋のように東西に幅のある一階建てが、わたしの子ども時代の中・後期に住んだ家である。その北側の地所内に、五本のいちじくと、富有柿一本が並列に植えられていた。夏の盛りにはあちこちのいちじくの木に一つ二つと色づく実を見つけるとうれしかった。それぞれの木で熟す時期も味もどこかしら違っていて、弟やわたしはどの木のどんな実がおいしいか見当をつけていた。学校から帰ると、大きな木の下でおやつタイム。はじけて中身がこぼれそうな実の赤紫の薄い皮をはいで、その場でかぶりついた。ずっしりと大きくて柔らかく、さわやかな甘みとともに小さなつぶつぶの感触に食べ応えがあって、一個でおなかがいっぱいになるほどだった。

そのころ、「いちじくを家の地所に植えるのはいけない」というタブーめいたいわれがあると誰かから聞いた。うちには植えてあるよ、と気になって、両親にたずねた。

「どうして庭に植えてはダメなの?」

「いちじくは『無花果』という字があてられているように、花が咲かないからそう言うらしいよ」と母。

「花がなくても実がなるのかぁ」

「いちじくはなぁ、花が内側にいっぱい咲いて、それをつつみこんで一つの実になるんだよ」と父。

「そしたら、花も実もあるめでたいものとちゃう(ちがう)?」

わたしはうちの裏庭にたくさんいちじくの木が植えられていることに対して安心し、誇りにも思えた。

いちじくの実は栄養価も高いうえ、大きな葉や実をもぐと切り口に白い粘りのある樹液が出る。それがイボを取る妙薬といわれていた。薬効のほどは定かではないが、母によく塗られたものだ。

ある日、わたしひとりが家にいたときに、駅のちかくに広い地所を占める製材所の親戚筋と名乗る女の人が、カゴを抱えてやってきて、「うちに病弱の人がおるさかい、お宅のいちじくの実を欲しいねんわ」と言う。「母は今留守だから、いいかどうかわからない…」と断ったが、その人はまったくひかないで、「お母さんなら、くれはるわ」とか、いろいろ言ってくいさがる。何となくむっとして、「でも…」としぶっていた。客観的に見れば、そんなに欲しがっている人にたいしては、子どもであれ、「どうぞ」と裏庭へ案内するのがまっとうな行為なのかもしれない。しかし、そういう気持ちにはなれなかった。その人に対してわたしは意地悪だった。

それはなぜだろうと、考えてみる。

一つには、羽振りが良いらしいその製材所の家族とはあまり親しい付きあいもなく、まして親戚というその人とは一面識もなかったこと。それ以上に、子どもに対する相手の態度がいかにも上から目線で、図々しく感じたことによる抵抗ではなかったか、と思う。

結局はどうなったか記憶に残っていないが、そうこうしているうちに母が帰ってきたのかもしれない。

山梨に居住してから、わたしは一本のいちじくを庭に植えた。その実は一般に目にするような大きさにはならず、小さく貧弱で、しかもはじけない。しかし少し熟し始めると、どの実も当たり外れなくめっぽう甘い。トルコあたりの原産らしかった。樹自体も糖分が多いのか、五、六年たったころカミキリムシの幼虫が幹に入り込んで枯らしてしまったので、根元からバッサリ切らねばならなかった。

その親木が健在の頃、散歩中の近所のおじさんに、食べごろの実をもいで差し上げたことがあったが、「主人が以前にいただいたいちじくのおいしかったこと!」と、奥さんが最近でも言われるほどの、印象的な甘さであった。

切った株の脇から若木が生えて伸びてきたときはうれしかった。今年も木全体の青々した葉の付け根に一つずつ、小さな実が顔をのぞかせている。

保存食を送ってくださった知人とは、そのうちゆっくり〝いちじく談義〟を交わしたいと思っている。

わたしの断捨離

玄関の上がりがまちに巨大な紙袋が二つ、集荷の業者を待っている。

袋の中身は、このままだといつまで簞笥で昼寝を続けるかわからないと思われる古着たちのほか、パンプスやサンダル、青とワイン色の皮のロングブーツ、ベルトにバッグとかサングラスやアクセサリーの類。しっかりテープで閉じてひもを十字に渡したが、相当に重い。おそらく一袋が二十数キロはあるだろう。

すっかりブームとなった「断捨離」は、かねてからわたしの課題でもあった。これまでにも努力をしないわけではなかったが、うまくいっているとはお世辞にも言えない。年月とともにふえる雑多なものがささやかな草廬《そうろ》をいっそう狭くるしくしている。

とりあえずこの二袋をつくることを思いたったのは、新型コロナ感染予防のためにステイ・ホームを余儀なくされて、洋服類や紙の類が見苦しく散らかっている部屋のありさまをまざまざと見せつけられていたあの日。ちょうどそこに、定期購読誌Ｈに「古着でワクチン」という記事（商品）があるのに目がとまった。その商品を購入すると、まず丈夫な紙の大袋が送られてくる。値段は一件につき三千六百九十二円。それを少々高いと思うわたしの気持ちは、次の四点の写真入り説明によって、なかなか処分できずに眠っているモノたちが世界の人びとの役に立つらしいという強力な情報に敵わなかった。①購入代金の一部をポリオワクチンとして、必要な国の子どもたちに届けられる。②一連の流れの作業を国内の福祉作業所の障碍者雇用に当て、彼らに仕事を提供する（リメイクなどの指導も行う）。③集められた古着はまずインドに送られ、そこで多数項目に分類する選別作業などの雇用を生み出す。④選別された衣類などは安価に販売され（日本から届く洋服類は各現地の人びとに大好評とのこと）、それにともなう必要な人手を雇う。その活動は、「必要な人へモノを受け継ぐ」という精神を具体的に手引きしてくれるものに思えた。

指定されている運送業者に連絡すると、約束の時間かっきりに「集荷に参りましたー」と戸口に声がする。わたしが「重いですよ」と言うか言わないかのうちに、男の人はテープに手をかけてちょっと荷物をゆすってから、一度に二つとも持ち上げた。「えっ、それをいっぺんに？」と、わたしのほうが慌てるのをしり目に、「ありがとうございましたぁ」と、しかし歯を食いしばる感じで車のほうに歩いていく。わたしはごくろうさまの挨拶も忘れて、その背後に「わー、力持ちぃ！」と声をかけていた。

そうして、重くかさばるモノたちを送り出してみると、当然ながら玄関口に空間が現われ、ビフォー・アフターの景色残像がある限りにおいて、確かにすがすがしい。しかし、それらは生活空間のほんの一部に過ぎない。せっかく空っぽになった衣装ケースもすぐに何やかやで埋まるだろうという、ざわついた予感が心の片隅にある。

わたしの「断捨離」が成功するためには、さらにもう一歩踏み出す必要がある。「残像」が消えないうちに考えなければ。

Ⅱ 蕾

のっぺらぼう効果

今年（二〇二二年）の夏はとくべつ暑い。「怪談で納涼」という方法は、近年はあまり流行らないようだが、それでも夏の夜のテレビでホラーものはちらほら放映されている。テレビもクーラーもないわたしの子ども時代には、年長の者がこわい話を聞かせて涼感をまねくという知恵が存在した。視覚とともに聴覚に頼る演出も、想像力を活性化させて寒気をもよおす効果があった。文字を読むことからもそうなるだろうか。

ある体験を思い出した。

高校二年生の夏のテスト週間。毎日二〜四科目のテストが配分されていて、生徒はたいてい一夜漬けのように次の日のテスト範囲のおさらいや課題勉強の準備をするのだが、初日に英語の副読本の課題が入っていた。わたしは英文の和訳というのが苦手だった。知らない単語を辞書で引き引き日本語文に構成していくのだが、辞書に書かれている単語のいくつかの意味から適切なものを選ぶことからして的はずれが多く、流麗な日本語の文章など望むべくもなく、意味不明ということもよくあった。語学の才能が劣るのか、想像力が乏しいのかと、ひそかに自己分析をしたくらいだ。

その日も勉強の順番は、当然のように不得意な英語を一番後回しにしていた。とりかかったのは真夜中だった。

課題テキストはラフカディオ・ハーン（小泉八雲）のKUWAIDAN（怪談）で、「貉《むじな》」の章。あらすじは次のようである。

——夜のとばりがおりるころ、人通りのない道端で髪の長い女の人がしゃがんでしくしく泣いている。通りがかった商人が、心配して「どうしました？」と声をかけると、女人はやおら振り向いて、顔を覆っていた両手で髪を払うとその顔は……。商人は腰を抜かさんばかりに驚いて、ぽつんと提灯《ちょうちん》をともしている屋台に駆け込み、背を向けている屋台のおやじに、今見た妖怪のことを息もきれぎれに話す。すると、おやじがこちらに向き直って…「こんな顔でしたかい？」と。その顔は……のっぺらぼう。商人は気絶してしまう。と同時に屋台は跡形なく消えてしまう　——どうやら貉のしわざらしかった。

家の者はみな寝静まっており、明かりは机の上のちいさなスタンドだけであたりは真っ暗。わたしは、商人の視点に合わせてものすごくリアルにその情景を脳裏に描くと、背筋にぞくっと寒けが走り、手を置いた机が小刻みに揺れるほどに「今」「ここ」での恐怖を感じた。

そのとき、わたしはちょっと不思議なことに気づいた。「貉」の章を原文で読んで、英語のまま怖さを感じて震えたのだ。「そうか！　外国語で書かれている文章の意味や情景が〝わかる〟とはこういうことなのか」というまったく新しい体験をしたことだった。本当に理解するときには、なまの感覚や感情が伴うものだという発見であった。

真夜中の英文による怪談納涼の効果はわたしにとって格別で、その時から少しずつ語学への苦手意識を乗り越えていけたようにも思う。

「口ぐせ」をチェック

「ここ三日ほど誰とも話しをしなかった」「もうアタマがおかしくなりそうで」と言って電話をかけてこられた知人がいます。自粛生活を余儀なくされて以来、わたしたちは人と話すことが少なくなっているのは、事実ですね。セキを切ったように話されることに耳を傾けていると、「もうトシだから」「やっぱりトシねぇ」という「口ぐせ」が頻繁に出てきます。高齢になってくると、自分に対しても他者についても「トシ」ということをマイナス要因として考えたり、言い訳にしたりしがちです。が、次に紹介する篠田《しのだ》桃紅《とうこう》さんの百四歳の時の言葉は、そんな傾向をすかっと吹き飛ばしてくれそうです。

桃紅さんは、百七歳で生を終わられるまで現役で書と画を融合させたような新しい作品を創作し続けられたことが知られています。

「私、いくつになってもいろんなことを発見しているんですよ。だから飽きるということがありません。若いときには気づかなかったものの見方、こうでありたいと思う望みなど心の向きが、目に見えない方へ動いていることを感じます」

「自分の生き方を年齢で決めるほど、愚かな価値観はないと思っています」

子どもたちのあいだでもこんな口ぐせがよくきかれます。「えぇ〜めんどうくさーい」「つまんない」「もういやだぁ」「どうせ××なんだから」。はてはちょっとトラブルがあると「死ね」「殺してやる」などの乱暴な言葉を平気で使っている場面さえある。そんなときの顔は目が吊り上がってすごい形相です。

大人も子どもも、否定的な「口ぐせ」を使う習慣のある人は要注意。なぜかというと、人は言葉にみちびかれて、その通りになってしまうことが多いといわれているからです。大脳・自律神経系と人間の行動・言葉の関係を研究された佐藤富雄先生は、「もともと大脳は、人間が誕生して以来、言葉の記憶装置・想像力をつかさどる部分として発達してきた器官だから、発した言葉や考えが大脳に取り込まれて意識になり、その意識が体をつかさどる自律神経系でキャッチされて、ホルモン分泌などのさまざまな生理的な変化を起こす」と述べられます。

「つまんない」と言えばその何もかもがつまらなく思えて、やる気が失われます。逆に「おもしろい」「いいかも」と言ってみると、なにかしら興味深いものが見えてきます。発する言葉が、対象に対する自分の目や態度にとって水先案内人のような役をするのです。

わたしの好きな絵本の一つ、林明子著『こんとあき』(福音館書店)があります。

あらすじは、「あき」という女の子とその守役のようなぬいぐるみの狐「こん」が、遠くに住むおばあちゃんをたずねて行く道中にいろいろな心配事や難儀に遭遇する。そのたびに「こん」は「だいじょうぶ」と口ぐせで言う。「こん」が犬にさらわれてひん死になった時、「だいじょうぶ　だいじょうぶ」に導かれて立場が代わった「あき」が「こん」を背負って砂丘町に無事たどりつき、おばあちゃんにぼろぼろの「こん」を修繕してもらう――。「だいじょうぶ」という口ぐせの力を示すと同時に、「死と再生」のテーマも含みつつ、女の子の成長を愛らしい絵と文で構成した、ぜひ大人も味わいたい本です。

また、ある修道女の話を何かの本で読んで、印象にのこっていることがあります。その方はどんな苦しい大変なことに出会っても、「神様がついていてくださる」と口に出してつぶやくことを習慣にしていて、それによって難事に立ち向かえた、と言っておられる。

このように、「たかが口ぐせ」などと、ないがしろにできません。

ポジティブな口ぐせを習慣化し、心を「快」に保つことは、アンチ・エイジングにもとても効果があるそうです。なりたい自分を想像してみましょう。そのコツは、「～になりたい」ではなく、「～になる」と言いきること。例えば「私は姿勢が良い」と言いながら歩くと、結果、姿勢よく若々しい姿になるものです。「だいじょうぶ　だいじょうぶ」というのも、言いきり型。「何とかなりますように」よりも「何とかなる！」と言いきる方が可能への近道だというわけです。

わたしの知りあいで、めったに他人のことを悪く言わない人なのに、ある時めずらしく文句を言い始めたことがありました。まったく同感できる内容だったのですが、その人は途中で「まぁ、いいや」と言って、それ以上長引かせることがありませんでした。「まぁ、いいや」がその人の口ぐせでした。それは自分が審判を下すことに躍起にならず、もっと大いなるものにゆだねる姿勢の表明であり、心を平安に保てるマジックのように思えたものです。じつはこのマジックこそ、信頼心が導く自律神経系の働きの効果だそうです。

自律神経系は主語を必要としないので、相手のことをほめて言ったことばでも自分に言われていると錯覚して、口ぐせと同様の効果を発揮してくれる。だから「すてき」などと自分に向けて言うのは気恥ずかしいという場合は、ひとのことをほめてくださいと、前述の佐藤富雄先生は言っています。その意味で、逆にとげとげしい言葉を他者に浴びせると、相手のみならず自分をも傷つけることになるのです。

新型コロナウイルス流行から自粛生活が長引くこのごろですが、対話の相手は人にかぎりません。動物でも植物でも、相手に言葉をかけることは、関心を払うことであり、心が通じ合えると世界観が広がります。アニミズムといわれるこういう感覚を子どもは生来的に持っています。先に紹介した絵本『こんとあき』で「あき」がぬいぐるみと対等に繰り広げる世界を、子どもは何の違和感もなく受け入れられる感覚をもっているわけです。大人はこの力が錆びついていますが、磨けば取り戻せます。

磨く方法は、たとえば春に先駆けて黄色い花びらを地上に現した花に心をうたれた時などは、素直にその気持ちを花に向けて言葉にしてみる。「がんばったね」「きれいだね」「ありがとう」など、ポジティブな言葉がけをしてみることで、相手の花もにっこりしてうなづくような感覚が生じてくるでしょう。こうなれば、もうアニミズム力に磨きがかかっていると言えるでしょう。

※本稿はアリスのブックトーク新聞第二号（二〇二〇年、大月市立図書館）への寄稿文を改稿したものです。

おたあ・ジュリアというひと――神津島《こうづしま》にて――

「これがジュリアさまのいちばん古い肖像画ですが、ここにはなくて、にしわき市のみぎわ園という特別養護老人施設にあるのです」

小さなカラー写真を示しながらさらりと言われた、教育委員会の男性職員の言葉に、わたしは耳を疑った。初めて訪れた神津島村立郷土資料館でのことである。

「えっ、にしわき市ってもしや、兵庫県の西脇市ですか？　じつは私は、西脇高校の出身なんです！」

長い間わたしの記憶から遠のいていた地名との縁が、こんなところでひそかに息づいているとはまったく思いがけないことで、何かしびれるような感覚に襲われた。

東京都神津島は、伊豆七島のうちの大島並びではもっとも遠いところに位置する島である。ここに家康によって流人として送られて数奇な生涯の後半生を静かに生きたおたあ・ジュリアという女人に心惹かれて今回やって来た。何枚かの肖像画に描きとどめられているのは、いずれも輝くように美しく若い、雅《みやび》ないでたちの像姿《すがた》である。

＊　＊　＊

秀吉の命によって攻め入った朝鮮の役で、日本の武士たちによって全滅にされた韓国のある町の焼け跡に、高貴な生まれだとわかる上等な衣服を着せられた二、三歳の幼女がひとり茫然と立っていた。戦いの指揮を執ったキリシタン大名小西行長《ゆきなが》の計らいで、大切に日本に連れてこられたその子は、行長夫妻の養女として成長するが、行長が関ヶ原の合戦で敗れたのちは、生き延びることすらむずかしい時代の荒波にさらされる。聡明で美しくまた朝鮮の出身であることが、彼女をかろうじて死からは免れさせるが、家康はそんな彼女に目をつけ、禁制の信仰を捨てて側室になるなら、ぜいたくで安楽な生活を保障しようと再三迫る。しかし、彼女はきっぱりと断ってキリシタンの精神を貫いた人として、後世にも圧倒的なかがやきを放っている。

「おたあ」というのは、言葉も未発達な幼児が、日本語で何を聞かれてもただ「たあ」「たあ」と口にするので、それが日本名になったというが、「たあ」というのは客人を迎えるときに幼女の家族や使用人が使っていた「いらっしゃいませ」に似た意味の朝鮮語らしかった。「ジュリア」というのは、行長の家族として少女期にキリシタンになった時の洗礼名である。

ジュリアについて書かれた本に導かれて韓国の教会巡りをした後、彼女のお墓が発見された島に行きたいという一念で、秋のある日、わたしは神津島をめざした。

東京の竹芝桟橋から夜の八時すぎに出航した定期船は、翌朝九時ごろに、神津島港にさざ波を打ちつけながら停泊した。

ジュリアが大島から新島、そして神津島と、次々と都から遠のく地に移されて最終的にこの島に送られた時には、もっと小さな舟で揺れる波にも難儀をしたであろうが、島の緑のたたずまいは二十歳そこそこのジュリアの眼に輝きすら与えたのではなかったろうか。何かしらそんな気がして、わたしはワクワクしながら桟橋に降り立ち、島がたどった長い歴史のさまざまな出来事をいったん消し去って五百年前とかわらないもの……ジュリアも見たであろう岩や木々や雲の様子に焦点を合わせようと、視先をめぐらせた。

シーズンが終わった島一帯は静かで、海の浅い入り江に湧く海水の温泉施設にも観光客は一人もいなかった。わたしが更衣室にいるとき、はしゃいだ声とともに二人の子どもと母親と祖母らしき人たちが現れた。地元の家族だった。若い母親とあいさつを交わしたところ、その人は結婚して東京に住んでいるが、子ども連れで帰省していてあした帰るのだと自己紹介し、わたしの訪島の目的を訊いた。そして「それなら、うちのおじいちゃんに話をきいたらいいですよ」と言ってくれた。おじいちゃんとはその方の実家の、島の村長を長く務められた、ジュリアの墓の発見者のおひとりである松本一氏《はじめ》のことであった。翌朝、訪ねる家はすぐにみつかった。川端康成に似た風貌の上品な紳士が現れて快く座敷に招き入れてくださり、書かれた著書を二冊くださったうえ、ジュリアの資料を集めたコーナーがある郷土資料館を開けるようにと、村役場の職員に手配もしてくださった。それが冒頭の展開につながっている。

神津島の島人、とくにお年寄りは毎日欠かさず朝夕二回、墓参をして花を手向けるという。そのためだろう、海岸沿いの少ない平地のあちこちに〝花畑〟が見られる。ジュリアの墓所は寺の檀家の墓地とは離れた町の一角にあり、墓石は二層の屋根をいただいた宝塔とよばれる独特のつくりである。三百年以上もの間、それが流人の誰の墓かわからないままに、人々は同じように手厚くお参りを続けてきたという。松本氏に、ジュリアさまの墓石が少し傾いているようだったことを話すと、「あ、先日の地震のせいですね！」と、気づかわしげな表情をされた。神津島は、台風の風当たりも強く、地震も頻繁におこると聞く。ジュリアは六十四歳で生涯を終えるまで、この厳しい自然環境の中で島人らと労苦を共にしながら、キリシタンの信仰を一筋に守って暮らした。彼女は読み書きが達者で、薬草などの知識も豊富だった。小西行長の生家がもともと薬種問屋で、幼いころから祖母や家人から教わって身についていたもので、島に生えている草木を煎じた薬で病気やけがの島人や子どもを癒し、皆から「おたあ姉《ねえ》」と慕われたという。

＊　＊　＊

島の草道を歩いていると、ふとノコンギクが目にとまった。内地でもよく見かける草花だが、どこか違う。光沢がある葉っぱを触ると、とても分厚いのだ。それはきっと、潮風に曝される環境に耐えて順応して生きるために、葉茎の組織を徐々に変えていったものと思われた。おたあ・ジュリアがこの島で生きぬいた姿も斯《か》くや――野の花の語りにしばし耳を傾けた。

もうひとつの戦災——波照間島《はてるまじま》にて——

ハテルマという島の名前は、日本の南の端（ハテ）に位置する、サンゴ礁（ウルマ）の輝く島という意味なのだと、地元の人は言う。そこには美しい海と清浄な空気と平和な生活があった。島の人びとは島全域で牛や豚やニワトリを飼い、海で漁をし、畑を耕しサトウキビを育てるという比較的豊かな生活を享受していた。

時は第二次世界大戦の末期、その波照間島に住む子どもたちが一挙に大勢亡くなるという悪夢のような出来事があったという。沖縄本土の陸上戦のことは知られているが、直接の侵攻はなく、空爆も受けなかった離島である。それなのに、なぜ？　何があったのだろう。そういった疑問を抱いた女子学生二人が、当時のことを知っている人たちから現地で話をききたいと言う。希望をうけて、わたしは二人とともに西表島《いりおもてじま》と波照間島を取材に訪ねた。二〇〇九年夏の終わりだった。

西表島の船着場では、民宿を経営している七十代の平田一雄氏が出迎えてくれ、わたしたちの旅の目的を知って車で南側の海岸に連れていってくれた。うっそうとしたジャングルのような森を抜けると、遠浅の砂浜があった。陽光に照り映えるさざ波がどこまでも続く海原のかなたに、波照間島のシルエットが望まれた。平田氏は「ここに強制疎開させられた波照間島の子どもたちは、故郷の島に帰りたいと、あの島影を見てよくたたずんでいたそうです」と話してくれた。海岸の岩場には、当時の小学校の識名《しきな》校長が生き残った子どもたちを連れて帰る前に岩石に刻まれたという「忘勿石　ハテルマ　シキナ」という文字があった。「忘勿石」を何と読むか。一九八五（昭和六十）年ごろに、平田氏が識名校長に直接訊ねたそうだが、校長はただ涙をぽろぽろと流されるばかりだった、とのこと。校長が胸中の涙をふり絞って、つるはしを振るわれた姿が見えるようであった。

平田さんの奥さんが波照間島の出身ということで、その夜に、直接の経験談を聞くことができた。子どもたちの集団強制疎開のいきさつはこうである。

戦況が次第に厳しくなるにつれ、石垣島に集まってふくれ上がった日本の軍隊には疲弊の色が濃くなっており、波照間島で飼われている家畜がよい栄養源として目を付けられた結果、軍部が敢行したのは島民たちの即刻立ち退きだった。それには何らかの口実が必要である。Y将校が「この島にもうすぐ敵軍が攻めてくる。危険だから全員、西表島へ移るように。もしこの命令に従わない者は、ここですぐに切る！」と、刀を抜いて脅したという。村人たちは、ここで切られて死ぬよりは…と苦渋の選択のすえ、島民は一人残らずカツオ漁の漁船六艘に乗せられた。

そのなかで、学童たちが送りこまれたのは、マラリアが蔓延しているとわかっていた西表島の南海岸沿いの森林地帯。戦闘機から身を隠せるからという理由が示された。

子どもたちは、はじめの頃はふだんとちがう環境で、ある種の冒険ごっこのように海で泳いだり、海岸で先生たちが教えてくれる青空教室の勉強を楽しんだりしていた。ところが間もなく、マラリアをはこぶ蚊が容赦なく襲いかかって、学童たちも次々に震えが止まらない程の高熱を発して倒れていった。その状況に悩んだ識名校長が、自分の生命も顧みず何度も軍部と掛け合って、安全な波照間島への帰島を実現させた。しかし、米軍が配給していたというマラリアの特効薬も島の人びとには十分与えられなかったので、帰島後にも亡くなる人が続出した。二千人あまりの波照間島民のうち、マラリアにかからなかったのはわずか三人、四分の三が死亡したそうである。

翌日わたしたちが渡った波照間島は、どちらを向いても背の高いサトウキビの畑で埋めつくされており、海岸沿いの道路には、パイナップルに似た大きな実をつけたアダンの高木が潮風になびいていた。初めに訪れた波照間小学校の、校庭のはずれに建てられている学童霊碑には『―前略― ○○の行為は　ゆるしはしようが　然し　わすれはしない』とあった。

マラリア禍からかろうじていのち拾いをした子どもたちが、戦後を生きて、いま高齢を迎えておられる。わたしたちは島内の「すむずれの家」というデイサービス施設を訪ねた。「すむずれ」とは「心をもち寄る、輪になる」という意味の方言だそうである。

六十代から九十代の高齢者十人ほど（一人以外は女性）が、島のサトウキビから作った黒糖をお茶受けにしながら、思い出したくないほど苦しかった時のことを、「若い人たちには聞いておいてもらいたいので」と口々に語ってくださった。

「波照間島に上陸すると、たくさんある木の枝という枝が黒く垂れ下がっているの。不気味な光景に近づいてよく見ると、殺された家畜の残骸にたかって肥満したハエが重なり合ってびっしり止まっていたのね」

「島に帰っても食べ物がないでしょう、海辺でモズクを拾ったり、ソテツの幹の皮をさらして粉にして食べた。それもおいしかったですよ」

「島に着いてからマラリアを発症して亡くなった親戚の人をムシロにくるんで海岸に運んだ。感覚がマヒしてなみだも出なかった」

「十一人いた家族のうち、いちばん小さかった娘一人だけが助かった家もある。ほら、あの人」

「村の賢い男の人が、こっそりと豚とニワトリを二、三匹ずつ山の奥深いところに放しておいて島をはなれたが、それらがそのうち増えて、たすかったそうですよ。海には魚介がいてくれるし」

たくさんの苦しい思い出の中に、言葉の端にのせて語られた印象的なことがあった。それは、西表島の民宿で話を聞いた時にも感じたように《子どもは、健康で遊びがあれば、どんな状況でも楽しむ力が天与として備わっている》ということをわたしに確信させるものであった。

また、「すむずれの家」で出会ったどの高齢者も、意外なほど澄んだ上品な雰囲気と、落ちついたたたずまいをまとっておられることに不思議さを感じた。それは、ソウル・パワーとでもいえるこの島の持つ力が、彼らが戦後の日々を生きる支えになったことを彷彿させた。

帰郷後わたしは、福祉学科の学生たちに取材旅の報告をし、彼らにレポートを書いてもらった。何人かの感想をまとめると次のようである。

このことは、以前に学んだ北海道のアイヌの人達に対する差別とおなじように、沖縄の人びとに対する差別意識によるいのちの軽視が、本土の、特に支配層の人びとにあったためではないのか。そして、このような苦しみの中で多くの命が落とされたことは、直接爆撃されなくても、戦争の被災者に他ならない。私たちは、そういう現実にあった出来事を話してもらわないと、まったく知らないで過ごしてしまう。《忘れ去ってはならない》とよく言われるが、それ以前に、《知らないこと》も同じように深刻な問題ではないのか。

こういう率直な意見に応える、年配者の役割を思ったことである。

※本稿は身延山大学仏教学部紀要第二十一号（二〇一七年）所収「もうひとつの戦災」を改稿したものです。

アダンの実

青蔵《せいぞう》鉄道 寝台列車にて

Fさんは、船や鉄道の旅が好きな人である。彼女が提案したチベットのラサへの青蔵鉄道旅は、魅惑的だった。「五〇〇〇メートル前後の世界一高いところを走る寝台列車で二泊」というもので、わたしは飛びつくように同行を決めた。

八月半ば、北京西駅から夜八時に出発する、超巨大な大蛇《ボア》のように車両を連ねる列車に乗り込もうと、わたしたちは薄明かりの駅構内に長蛇をなす乗客の列に加わった。団体旅行客がよく利用するコンパートメントはとれなかったので、切符を片手に一般車両の指定席を探して歩く。向かい合った三段ベッドを一つの部屋とした造りで、戸口はすべて開放型。やっとのことで探し当てた場所には、先客のおじさんたち四、五人が太鼓腹むき出しの上半身でたむろし、おしゃべりに余念がない。とりあえず「ニーハオ!」と声をかけると、強面の一人がちょっと頬をゆるめて「ニーハオ」と返してくれただけで、我々の席から動く様子がない。仕方なく、古い知り合いで通訳のためにチベットまで同行してくれるQ君が来るのを待った。Q君の最初の通訳仕事でやっと彼らはよっこらしょと席を移動した。ちなみに三段ベッドは下段ほど値段が高くなる。車窓にも近いし、移動にも何かと便利という理由らしい。

おじさん連が裸になるのも無理はないと思うくらいに車内はものすごく暑かった。すると、「この車両だけ、クーラーが故障しているのだそうです」Q君が伝えに来た。「えっ、道理で。この状態で二泊の列車生活か…どうなることやら」。Fさんと顔を見合わせて力なく笑うしかなかった。だが、「わたしは今、他国の文化の中にお邪魔している立場である、しかもパック旅行などでは周りが現地の人ばかりの車両に乗る体験などめったに無いだろうから、むしろこれは面白いかも」と状況を客観的に捉えてみると、ふしぎに気持ちが楽になった。

そのうちクーラーの故障もなおり、車内照明が消された。列車はときどき長いラ音の警笛を闇の空間に飛ばしてひたすら走る。眠ることができず、持参した電池式のライトで本に没頭しているうちに、窓面がうっすらと明るくなる。夜明けだ。停車駅ごとに人の乗り降りが相当あるところをみると、この列車は、中国人の遠距離移動の足でもあるらしい。

午後に停まった駅周辺は、林立する高層ビルとおびただしい車の数。大きな工業都市のようだった。下車したビジネスマンの席に二歳位の男の子を連れた若い母親が座る。里帰りだったのか、初老の女の人も一緒だったが彼らを席に落ち着かせるとすぐに降りていった。おとなしく座っている目前の幼児を見てわたしは楽しい気分になり、Fさんと手近にある紙で風船やツルを折って日本の遊びを見せたり、風船あそびに誘ったりした。言葉はこの際あまり問題ではない。幼児は次第に打ちとけてくる。母親は遠慮がちにその様子を眺めて、嬉しそうである。

日没が遅い。夜のとばりがようやく下りようとする九時すぎ、トウリンハという駅で、母子はしきりに手を振りながら下車していった。見送るFさんの眼はこころなしか潤んでいた。車内の一人ひとりに日常生活のドラマがあることを想った。

一時間半ほど走って停車した駅から列車が動き始めた時、また戸口に人が現れた。わたしはうとうとしていたのだが気配で眼が覚めた。次の合部屋の主は若い男性のようだ。案内してきた車掌が行ってしまうと、彼はしきりに切符をすかして見ていたが、いきなりトントンとわたしを叩く。「えっ」と半身を起こすと、切符を振りながら早口で何やら主張する。困ったなぁ、Q君はもう眠っているし…。「わたしは中国語がわからない、英語を話しますか?」と英語できくと、青年は「イエス、少し《アリトル》」と答え、「あなたのチケットを見せてほしい、ここは僕の席だと思う」と言う。「わたしは、北京からずっとこの席で、ラサまで行くところ。チケットはわたしのガイドが持っている」と寝しずまっている上段を指さし、「あなたの席はそこだと思うよ、空いているから」と向かいの寝台を指さすと、彼はようやく納得した様子で、手探りでベッドを整え始めた。わたしがライトを貸してあげたら、返す際にていねいに礼を言った。

翌朝、タングラ山脈五〇七四メートルの地点にさしかかると、枕元の酸素供給口からシュウシュウと音がして、酸素ガスの噴射がはじまる。六六二一メートルのグラタンドン山が近い。人工物のない透明な美しさが展がる窓外を飽きずに眺めていると、くだんの青年も目をさまし、「グッモーニング」と挨拶をする。起きてきたQ君が中国語で少し会話して、『昨夜はこの方を起こしてしまって失礼しました』と謝っていますよ」と説明してくれた。

やがて、高原牛ヤクの群れや、チベット式の祈り旗を張りめぐらした平屋が遠景に現れる。いよいよチベットだ。

午後三時半ごろ、終着駅「拉薩《ラサ》」に到着した。前席の青年は自分のリュックを軽々と背負い、わたしのスーツケースを改札口を出るまで運んでくれると、颯爽とした足取りで人波に消えていった。

言葉や文化がちがっても、一期一会の人間関係を友好的に結ぶことができるいう体験は、旅の醍醐味である。

マンガ論議

「最近の子どもは本を読まなくなった。見るのはマンガばかり」

と嘆かれるK先生。

「マンガも、見るというより、読めば読書になりませんか？」

そういうわたしの意見に対して、先生は
「いや、マンガは読書にはなりえません！」

ときっぱりと言われる。なにかの委員会で同席していたときの雑談だった。

かつて小・中学校の校長を歴任されたK先生は、退職されてからも民放ラジオの教育番組に度々登場されていた。断言された「読書にはなりえない」という根拠をもっとお聞きすればよかったかもしれないが、わたしは「マンガにもいろいろあるのに、先生はじっくり読まれたことがあるのかしら」と胸のなかでつぶやいたばかりで、それ以上の議論をしなかった。

「読めば読書になる」というわたしの見解は……

少年漫画雑誌などをちらと覗くと、「どかーん!」「ぎゃっ!」といった刺激的な大きな文字と人の醜い表情のアップで何ページも進んでいく。そういったある種のマンガ本は、たしかに読むというよりはめくっていく感じである。しかし、たかがマンガといわれるがされど…すばらしい作品も少なくない。ひとかどの漫画家は、内容の深さを支える吹き出しの言葉だけでなく、確かな絵も描けるすごい才能の持ち主なのだ。

わたしの読書歴のなかでは、マンガをよく読むようになったのは相当遅かった。子どものころにはマンガというものが身近にほとんどなかった。唯一、幼稚園時代に、兄の大切にしていた『のらくろ上等兵』(田河水泡著)を勝手に借りて親しんでいた。のらくろが丸いこぶしで挙手の敬礼をしている姿をかっこいいようなかっこ悪いようなと思ったり、大笑いしている顔を見ると愉快になったり、失敗して頭を掻いている場面ではのらくろに同情したり、意地悪な白い犬の同僚を憎らしく思ったりしたのをおぼえている。

ほかには今ほどいろんな楽しみがあるわけではなかったので、家にある本棚から手当たり次第に引っ張り出して活字を追うことが遊びのようなものだった。結果としていわゆる本好きになっていた。あるとき母が、婦人雑誌の中にあった童話や詩を切り取って、和綴じにしてわたしにくれたことがあった。兄妹の中でわたしを選んで手渡してくれたことがうれしかった。それは本好きに拍車をかけることになり、本を読みだすと没頭して周囲の雑音も消え、名前を呼ばれても聞こえないので、用事を言いつけようとした親たちからは叱られることも多かった。

その流れで、長じて家じゅうに本や書類があふれる生活になってしまったが、かつてのわたしの仕事場にある本棚の一スペースは、選ばれたマンガたちが占めていた。

あるときゼミの学生がこんな話をした。

「家でマンガを読んでいると、母が『あんたは、大学生にもなってマンガを読んだりして…』となじるのです。やっぱり母なんかには〝いいトシして〟マンガ本に見入っているのは恥ずかしいことになるのですね。それで、『わたしの指導教官だってマンガをすごく読むよ』と口答えしたら、それからは何も言わなくなりました」

と。彼女のお母さんとわたしは一面識あったので、その殺し文句は威力があったらしい。

世間ではマンガ本よりも文字文章の書物のほうを高尚とみる風潮がまだまだ強い。なぜだろう。「絵が直截感覚にうったえてわかりやすいから、単純に幼稚な印象がある」「図や絵にひきずられて想像力がせばめられる」などという意見がある。それとは別の角度で、お気に入りのマンガの〝実写版〟は、俳優の個性に色づけられて自分が持っている人物のイメージが壊れるからいやだ、と言う若い人もいる。

いずれのジャンルであっても、それぞれの分野で〝表現する〟ことが目的であるならば、もとより上下などないはずだ。読者や視聴者に求められるのは、〝選択力〟ではないだろうか。そしてその力は、いろいろ読んだり視聴したりするなかで養われるものだろう。

わたしは一時、山岸涼子の作品に夢中になった。

根性バレリーナの物語「テレプシコーラ（舞姫《まいひめ》）」や「マズルカ」もなかなかのものだが、何冊にもわたる聖徳太子物語『日出る処《ひいづるところ》の天子《てんし》』は名著だと思っている。実像が謎に包まれているがゆえに作者独自の解釈によって厩戸皇子《うまやとのみこ》＝聖徳太子の人物像が創りあげられている。厩戸皇子の成長過程での、母（穴穂部間人皇女《あなほべのはしひとのひめみこ》）との関係のありかたに、皇子の心の育ちの特徴が凝縮したと推察しているあたりは、わたしの専門（発達心理学）の核心にも触れるものであってとても感銘を受け、一コマのたんぽぽの絵に色鉛筆で丁寧に色づけしたりした。

山岸は読み切りの単行本も数多く著している。中では妖気的に傾く作品にはついてゆけないので、〝怖いもの見たさ〟が充たされると処分してしまうが、多くの人に紹介したいものとして、『夏の寓話』（二〇一〇年、潮出版社）に収められている「パエトーン」がある。人間のおごりや愚かしさで突っ走っていることのツケが万人に降りかかっていることに、見て見ぬふりをしてはならないということを、きちんとしたデータを示しながらマンガという書物を通して警鐘を鳴らしているものだ。

作品中、新訳聖書にあるヨハネの黙示録の中から次の箇所（8・10―11）が引用されている。

「第三の天使がラッパを吹き鳴らした。すると天から大きな星が落ち、たいまつのように燃え、川の三分の一と水の源の上におちた。この星の名はニガヨモギと言い、水の三分の一はニガヨモギにかわり、水が苦くなったので多くの人が死んだ」

ニガヨモギとは、ロシア語で〝チェルノブイリ〟。「今日の原発事故を予言したかのようで私たちを驚かせた」と山岸は書いている。

そして、上記のマンガが出版された翌年（二〇一一年）に、東日本大震災と津波によって日本列島が、放射能の不気味な魔力を再体験していること……「パエトーン」は、予言的な厳しさをもって読む者をはっとさせる力を持っている。私たちは現実社会の中で、無知であったり、時世に流されて無関心であってはならない、「目覚めていよう」と、この作品は呼びかけている。

マンガの元祖は「鳥獣戯画」らしい。いろんな動物が人間のさまざまな様態を繰り広げており、眺めているとおのずと物語が生まれてくる。今日では、内容はもとより作画も時代考証をきちんとしたものを発表している漫画家は増え、その影響力も大きい。

書物全般について言えることだが、本との出あいは読者を特別の世界にいざなう。おもしろいと思うものやぴったりくるものはその人の発達レベルや、性格やその時の興味関心、さらには人生観に沿っており、感情を動かし脳裏にしみこむことによって、人の内面を豊かにしていく力が本にはある。

すぐれたマンガは、そういった意味で、堂々と読書の射程に置いてよいというのが、わたしの意見である。

栄養のない野菜――キュウリ（胡瓜）礼賛

「キュウリほど栄養のない野菜は、ないんですってよ」と、ふと耳にした情報のうけうりを言う人。そして、キュウリは食べる価値なしのように、えり分けて残したりする。とくに最近はネット由来の雑多な情報の真偽があいまいなまま、わたしたちは振り回されてしまうことが多い。

キュウリに関しては、わたしはがぜん反論したい。夏野菜としてトマト、ナスと並んでおいしさの横綱級である。「おいしい」は香り、歯触り、独特の風味等の総合としてある。モズクとの相性はばっちりだし、ポテトサラダにも欠かせない。キュウリのピクルスやぬか漬けの味はほかの追随を許さない。栄養はそれにプラスされるものであろう。

子どもの頃、運動会で顔を真っ赤に日焼けして帰ってきたとき、母が、畑からもいできたキュウリの輪切りを顔全体に張り付けてくれたことがあった。しばらくするとすっと痛みと赤い色がひいた。キュウリに肌のほてりを鎮め、メラニンの沈殿を軽減する何らかの特殊な酵素が存在することを経験的に知っていて、民間療法の一つとしてパック剤的に利用する、人びとの知恵だった。

さらに最近、アッと驚くキュウリの威力を知った。

ときどき家族で行く焼き肉店でのこと。おいしい肉に上機嫌に箸をすすめていて、ふと服の胸元に目をやると、焼き汁が筋を引いている！　あわててウエットティシュで拭いても油ジミはくっきりと残る。帰宅後すぐに、油汚れに強い台所用洗剤で念入りにつまみ洗いをしてみるが、乾けばシミは歴然と現れた。はじめて着た新しい服である、クリーニングに出すのもくやしい。ダーニングと呼ばれる刺繍のように繕う方法でシミをかくそうか、それには同じ色の刺繍糸が必要だなどと思案しつつ、ちょっと憂鬱な気分で過ごしていたある日、「キュウリの緑色の皮を除いて果肉をこすりつけると、油汚れが消える」と、テレビのどこかの番組でちらと見聞きした。半信と半疑がない混じるなか、とにかくやってみた。すると、少し厚みのある布地にもかかわらず、みっともない油ジミのあとが、見事に消えて目立たなくなった!!

この成分がそうであるのか、生のキュウリにはほかの野菜のビタミンＣを壊す酵素があり、酢がその酵素の力を弱めるので、ミックス野菜のサラダに酢を加えたドレッシングを使うのは理にかなっているという。専門家が、こういった説得力のある説明によって〝正しいキュウリの力〟をわかりやすく伝えてくれるのは、ありがたい。

ジャガイモ泥棒

八月半ば、垣根の傍の雑草を引いているとやや太い枯れた軸の根にコロッと小さな芋がついてきた。そうだった。この辺りにジャガイモを埋めていた――。

野菜篭の底のほうに、よれよれになったビニール袋に忘れられた三個ほどのジャガイモを見つけたのは五月の連休の頃。たくさんの芽が、芋の養分を吸い取っていやにしっかりと成長の兆しをみせている。捨てるならば…と、植えてみることにした。半分に切って断面に木灰をつけ、庭の空いている場所に適当に埋めた。結果をあまり期待していなかったが、それでも二、三日水を与えた。やがて芽が顔を出し、花が咲き、そして…草に埋もれてその存在も隠れてしまっていた。

その辺に転がっている棒で土を掘ってみると、大きいもので四、五センチ大、あとは豆粒ほどの塊がころころと出てくる。その様子が、わたしの脳裏の奥に消え去ることなくしまい込まれていた、遠い一つの光景をたぐり寄せた。

＊　＊　＊

家族が兵庫県の明石市に引っ越して間もないころ、六歳になったわたしは兄といっしょに、父が同僚の人たちと町から離れた仕事先に行くのに連れて行ってもらった。軽トラックの荷台に座って、風をうけながらどんどん走る風景を眺めるのはおもしろかった。帰りも同じ道を軽快にたどった。青々と葉を茂らせた畑が続く。車が速度を緩めたときにふと、道路際の畝の端に、ジャガイモが土から顔を出していくつか転がっているのが目に留まった。食糧難の時代であることは子どもにもはっきりと分かっていたから、わたしは飛び降りてその芋を拾いたい衝動にかられたが、かなうはずもなく、車はひたすら街中に向かって行った。

つぎの日わたしは、箒の柄をうでにひっかけて記憶の道をたどって歩き、ついに、ジャガイモが待っていたかのように昨日と同じ姿を見せている場所にたどり着いた。うれしくて、意気揚々とその〝落ちている〟芋を拾おうと持ち上げたのだが、はずみでごろごろと土の中から芋が転がり出てきた。びっくりした。土に埋まっているのは落ちているのではないことはわかっていたが、夢中になってついに隣の株まで手をかけてひっぱり、箒に半分ほどたまるまで止めなかった。

その戦利品を母に差し出したとき、おどろいた顔の母が「まぁ！　これどうしたん？」ときくのに、わたしは「きのう、父ちゃんの車で帰るときに、落ちているお芋を見たから、拾ってきたの」と答えた。多少いぶかりながらも母はそれ以上深くは追及せず、篭を台所にもっていって、久しぶりのお芋のごちそうを夕飯の卓にのせてくれた。

味をしめたわたしは、何日かして、誰にも行き先を告げないで同じ道を――家から三キロメートルはあった――郊外の目的の場所に向かった。すると、そこには二人の男の人たち――年配の人と若い人――がいて、芋を掘っているではないか！

子どもには、時として強い願望と現実とがごっちゃになり、混じりあってしまう。わたしは自分のジャガイモをどうしてくれようとばかりに、恨めしい思いで、のこのこと近づいたのだ。二人は黙ってはたらいていたが、近くに来たわたしの姿をしげしげと見て事情を察したらしい若い方の人が「ここは、おじょうちゃんの家の畑？」と声をかけた。ようやくわたしも状況がのみこめた。現実を突きつけられて、首を横に振らざるを得なかった。もし「そう」とうそを言ってみても勝ち目がないのは自明のことだったし、子どもはそこまでしたたかではありえないものだ。大人たちはそれ以外何も言わなかった。

悪びれながらも何くわぬ様をよそおって、わたしはちょろちょろ流れる小川の方におりて行った。そのとき草の茂みから汚ならしい模様の蛇がガサガサと現れて行く手を阻み、小川のふちに消えた。恐ろしかった。小川で遊ぶ気持ちも失せた。

二人の大人は子どもを叱ったりなじったりはしなかったが、その蛇が、わたしの罪を暴いてみせたように感じた。落ちている芋を拾うことはさほどいけないこととは思わなかったが、植えられている芋をついでに引っこ抜いて持ち帰るのは泥棒だということは感じていた。そして今日また、篭を下げてやってきたのは、その泥棒を意識してやってのけることだった。わたしは気味の悪い蛇の姿を思い出しては身震いしながら、空の篭をぶらぶらさせて帰宅した。

＊　＊　＊

食糧難で皆が飢えていた時代に経験した一連のことを思い出すたびに、小さな泥棒さんに対して「ここは、おじょうちゃんの家の畑?」とだけ言って、子どもの尊厳を大きく傷つけることをしないでいてくれた大人たちの寛大さが、心にこだまする。

青蛙

「痩せガエル負けるな一茶ここにあり」

一茶に応援してもらったカエルはどういう種類のカエルだったろう。カエルはひょうきんな風貌がおもしろい。「鳥獣戯画」の蛙は有名だが、童話や絵本にもカエルはよく登場する。水陸どちらにも生息可能という能力を買われてか賢者の役割を担ったり、案内役をさせられたり。

わが家の内外《うちそと》にもカエルがあちこちにいる。緑色のブリキの小さいものは靴入れの上に、ハスの葉かなんかを捧げ持っている。時にはその上に鍵などを預かる役目である。九十センチくらいの背丈の「青蛙」は門扉のそばに立っていて、両手を行儀よくおへそのあたりにそろえている。わたしと目が合うと

「行っておいでやす　はようおかえりやす」

と、なぜか京都弁で送り出してくれる（気がする）。「無事　帰る」と語呂を合わせて、一

種の縁起物のように見なされるところから、おみやげ品にもカエルキャラは人気である。うちのブリキの「青蛙」は転んでこすれたり長い間の風雪に耐えてきたために、あちこち剥げて赤い地金のキズができており、ガムテープのばんそうこうを貼られたりしている。風の強い日には側溝に横たわっていたり。こういう時には「ひっくりカエル！」と言われるのだ。

梅雨のころ、本もののカエルたちが庭で盛んに鳴きかわす声は、カエル嫌いには胸にざわつく醜音に聞こえるらしいが、わたしにとっては風物詩の気分をかきたてる季節の音色である。先日かわいらしいアマガエルがウッドデッキの手すりにいた。スケッチしたくなり、透明のガラス容器に入れてしばらく眺めていると、いろんな様態を見せる。早描きして浅緑色を付けると、それらしい姿に写せた。切り取って栞にした。アマガエルは、そんな人間のやることとは無関係に、容器の壁をつるつる滑りながら出口を求めてあっちこっちへ必死の努力をしている。早く外へ出たい一心であろう。容器のふたをとってウッドデッキの端に置いておくと、何分か後には、もうどこにも姿はなかった。

そんな話を娘にすると、「もしかして捕まえるときに手でつかんだの？」と眉を寄せながら聞く。「そうよ、かわいいじゃない」と答えると、カエル嫌いさんは「いやーだ、もうその手に触らなーいだ」と身を引く（ちゃんと手は洗ったのだが…）。

ある日、夜おそく帰ってきたらしい近くに住む娘と孫から緊急の呼び出しがかかった。「助けて。戸口のところにカエルがいるの！」「蛇じゃなくてカエルぐらい、いいじゃない」「それがものすごく大きい、ガマだよ。棒でついても動かないの、戸も開けられない！」。二人が声をそろえて急《せ》き立てるので、わたしも好奇心が沸いて、ほうきとちりとりをもって小走りに行った。

それは確かに大きかった。背中一帯に毒々しい色合いのイボがある、陶器の置物のようなガマガエル（ヒキガエル）だった。それが、戸が開くと入ろうとするかのように構えている。「前から南側のテラスの下に住みついていた主《ぬし》だよ」などと、がやがや騒ぐ彼らをよそに、わたしは〝主〟をほうきでちりとりに誘導し、道路の向かいにある林の方に連れていくことにした。主だけのことはあって、悠然としており、ズシリと重い。さすがのわたしも、このガマは手で触れる気がしなかった。あとで調べると、怒ると耳の後ろから猛毒を出すことが分かって、好奇心でも触らなくてよかったと思った。

日本国内にもいろんなカエルが生息している。四十八種もいるらしい。天然記念物のモリアオガエルが玄関前の木に泡巣をつくるという山梨県市川三郷町のお宅に伺ったこともある。ウシガエルが「ぼぉー、ぼぉー」と太い声で鳴いていたのは、兵庫県の郷里の家近くにある沼だった。夕暮れ時にはちょっと不気味だった。ウシガエルは食用ガエルとも呼ばれるとおり、しばらく前まで山梨のある麺屋のメニューにもあった。水かきの足先がついていなければ、鶏のむね肉とまがう淡白な味わいである。

カエルと人間の共生の世界は、なかなか奥が深くて愉快でもある。

わたしの隣人とは

打ち合わせのため少し早めに行きますとメールで伝えた手前、急がねば。校時開始のチャイムが鳴る七分前。F小学校でのスクール・カウンセリング勤務の日のことだ。校庭には高学年らしい児童たちが活発に動き回っている。と、その様子を目にした瞬間、左の靴先がほんの少しの段差に引っかかり、荷物は宙に飛び、身体は無意識にねじったらしく右側からコンクリートの側溝の蓋の上に落ちた。

若い人たちのつかう言葉「やばっ」「はずっ」、そして「痛!」ということばが頭の中をぐるぐる回る。その時、間髪を入れずという速さで男の子が一人、駆け寄ってきた。「だいじょうぶですか?」「立てますか?」と。次にやってきた男の先生は腕をとって起こそうとしてくれた。

「ありがとうございます。が、もうちょっとこのままに…」。腰を落としたまま、ジンジン・ズキズキを、すこし鎮めたい。何秒かして、その先生に助けられてやっと起き上がった。とにかく保健室に、と散らばった荷物を集めて持ってくれる女子児童や、たぶん野次馬の何人かもいっしょになって、校庭に面している保健室へ誘導してくれた。

チャイムが鳴った。わたしを保健室の先生に預けて、彼らは校庭に散っていった。


このときわたしの脳裏に、ネパールで目にした光景が鮮明によみがえった。カトマンズ市の中央大商店街アサンにタクシーで買い物に行った帰り、そこから五キロメートルほど離れたホテルまで、お天気もよいし歩いて帰りましょうと、その旅に同行した女子学生Eさんとのんびり歩いていた。人通りの多い街かどで、ふと何やら赤い物体が歩道に横たわっているのが目に入った。好奇心旺盛なわたしのこと、何だろうと少し近づいてみると、小柄な女性が顔をむこうにして横向きに倒れているのだった。赤い色柄の衣服の裾あたりから、歩道の段差を越えて車道の敷石のあたりまで細い水の筋ができていた。発作でも起こしたのだろうか、失禁しているらしかった。

おどろいたことに、近くをひっきりなしに行きかう人々は誰もその倒れている人に頓着せず、それればかりか、すたすた行く若い男性が女の人の草履の足元をぴょんと飛び越すようによけて、先に進んでいった。大きなゴミが落ちてでもいるように。

わたしは困った。こんなときどうすべきか。近くに寄って、「ナマステ！　どうしました、だいじょうぶですか？」と声をかけ、必要ならば救急車を呼びたいところだが、何せ、「ナマステ」以外ネパール語がしゃべれない。救急車というものがあるのかどうかもわからない。英語で周りの人に何か叫んでも、「この人と知り合いなのか?」などと状況が混乱してけっきょく野次馬になってしまうのがオチではないのか。連れのEさんを振り返ると、後ろに控えて黙している。そして…そこを離れることにした。

その帰路、わたしはEさんに何か言い訳をしたが、彼女はわたしの説明に対して全面的に同意した感じでもなく、当惑した面持ちでずっと黙っていた。あのとき、どうしようか、と彼女の意見も聞くべきだったとあとで反省した。直接言葉が通じなくても、その人の助けになる誰かを呼び寄せることぐらいはできたのではなかったか、と、何もしなかった自分を責める気持ちが次第に膨らんでいった。

聖書に「善きサマリア人」の有名な寓話《エピソード》がある(ルカによる福音書10・30―37)。《ある律法学者が自分を正当化しようとしてイエスに「わたしの隣人とは誰ですか」と言うのに対して、イエスは答えて「強盗におそわれて道端に倒れている人を、たまたま通りかかった人たち(司祭もレビ人も)が見て見ぬふりをして行ってしまうが、異教徒と蔑視されているサマリア人の旅人が、助け起こして宿に連れて行って介抱し、宿の主に手当を頼んで治療費を置いていく。倒れている人にとって隣人となったのは誰か」となげかける》という話である。
わたしはサマリア人に倣《なら》えなかった。たとえ現地の言葉が話せなくても、また、考え方や慣習が違っていても、何かできたのではなかったか。そうしなかった異邦人のわたしたちを街の人は誰も咎めはしないだろうが、かかわらないという無難な道を選んで、哀れな女の人のよき隣人となれなかった自分を恥じた。

校庭の傍で転けたわたしを、脱兎のごとく駆けつけて労わってくれる日本の子どもや先生たちと対比して、ネパールの街かどでのあの光景が、いつまでもわたしの胸にわだかまっている。

III 彩

ヒヨッコ ひよっこ

急に降りだした雨が、横なぐりに車の窓をたたく。娘をむかえるために、レッスンを終える時間に合わせてバレエ教室のポーチに車をとめた。着替えの荷物を横抱えにした娘が、紺色のレオタードのまま後ろ座席に飛び込んできて、せきこんで言う。

「ママ、おこらないで、おこらないで！」

怒られるようなことをしたときの予防線だ。

「きょうね、午前中ジク（塾）休んだの。だってね、I高のお祭りがあるから行こうって、Sちゃんがさそいにきたから」

小学三年生の秋の土曜日。やりたいと言うことは何でもやらせてみるようにしていたので、子どもも結構忙しい。学習塾より文化祭のほうがおもしろいにきまっている。そんなことで怒らないよ、と思っていると、話はそれで終わらなかった。

「それでね、お祭りでヒヨコを売っててね、おにいさんたちがかわいいでしょって、すごくすごくすすめるから…、買っちゃった」

そらきた！　以前に八幡さんのお祭りで、羽を青く染められたヒヨコをねだり倒して手に入れたのはよいが、小さな箱に入れて、暇があると手にのせてなでたりするので、結局すぐに死んでしまった。娘も相当ショックのようだったが、それで懲りたのはこちらの方だったのか…。

「うちはアパートの四階だよ、どこで飼うの？　かわいいからって衝動的に買ったりして！」

予想はしただろうわたしの御託を一通り聞かされる間、娘は、神妙にしている。でも買っちゃったものは仕方がないなぁ…。「で、一羽だよね？」「二羽…」背中を丸めて小さな声で答え、「ニワトリっていうくらいだもの」とへんな理屈をつけ足す。

アパートに帰りつくと、娘は飛ぶように階段を駆け上って、段ボール箱に入れて待たせてあったヒヨコに夢中になっている。夕方帰宅した父親が、部屋にはいるなり開口一番、「やぁ、また変な鳴き声がする。もうヤキトリだ、焼き鳥だ！」とまぜ返す。それでいて、ベランダでの寒さ対策に裸電灯を箱の上から吊るしてやる方法や、餌のことなどの注意を与えている。餌はヒヨコといっしょに当座の分をつけてくれていたが、翌日近くのペットショップへ娘といっしょに買いに行った。店のおばさんがわたしの説明を聞いて、

「そういうのって、死んでも困る、大きくなっても困るんだよね」

と、わたしの葛藤に理解を示す言葉を添えながら餌を用意してくれて、すこし気がやすまった。

夜になると、ヒヨコたちは二羽が団子のようにひとつに丸まって眠っている。一羽では寂しすぎるだろう。その点では娘の二羽買いは正しかったといえるかなと思った。ときどき娘に付き合って、仔犬の散歩のようにヒヨコたちを荒川の河原に連れていって遊ばせた。一羽ずつをうけもって、わたしがちょっと走ったりすると、ヒヨコは背伸びするようにあたりを見回してから「待ってー」という感じで必死のようすで追いかけてくる。「ピィヨー ピィヨー」と甲高く鳴きながら、小さな足で石ころの上を器用に飛びつたう姿がほほえましい。

動物行動学者ローレンツが「インプリンティング（刻印づけ・刷り込み）」と名づけた、カモなどの鳥類にみられる習性の研究がある。それは孵化してから一定期間に目にする対象を親と思い込んで後を追うという習性である。まさにそれだ！　と、わたしは興味津々で、ヒヨコたちがにわかに可愛くなった。

今回の飼育はそれなりに順調にいって、小さな鶏冠《とさか》が頭頂に現れるほどに成長したニワトリの姿を見ることになった。しかし、そのうち時の声を発するようになれば、もうベランダでは飼えない。

ペットショップのおばさんの言の通り「大きくなっても困る」という事態に直面することになった。そのころの家族の会話は、寄るとさわるとヒヨコたちの今後のことで占められていた。いろいろ案は出たが、県立鳥獣センターに相談するか、隣町の公園の一角にある鳥類の広場にこっそり仲間入りさせるかに絞られた。

結局、固いことをいえばよいことではないかもしれないが…と思いつつ、わたしと娘は、余っている餌を持参金のようにして二羽を公園に連れて行った。フェンスに手頃なやぶれ穴があり、「よろしくねー」と先住の鳥たちにあいさつをして穴から二羽を放し入れ、そばに餌の袋を置いたら、抜け目のない鳥たちがだだっと寄ってきて餌をつつきはじめた。うちの子たちは？　と目で探すが、もうわからなかった。

究極の解決策は、周りに遠慮なく小さな動物たちと共存できる環境を得ることであろう。そういう環境が〝ひよっこ〟である子どもの成長にとっても好ましいことはわかっているが、そのためには、親の決断が迫られるさまざまな問題が立ちはだかっているのだ。

「Rの椿」と犬

「大泉寺の境内の通路のそばに大きなヤブツバキの木があるでしょう？　いま花盛りでね。葉っぱを二枚もらってきた」

犬の散歩からもどった夫が、そう言いつつ、空パックに入れた土に二枚の葉を斜めに差していた。

土差しの椿の葉は、時々水をもらうだけで、ことさら何の変化も示さないまま、しかしふしぎとつややかな緑色は失わずに、一年を経過した。

木枯らしが吹くころ、夫は病がわかって入院した。病床の彼に何気なく椿の葉のことを話題にすると、

「あ、この寒い間は、家の中に入れておいてやって」

と言う。幼な児を気づかうような言葉にわたしも心を動かされて、昼間は日光に当て夜は取りいれたりと、大切に扱うようになった。

夫が逝ったのは次の年の冬である。明けて春を迎えると、椿は新しい芽を伸ばしてたくましくなっていった。そして、二本のうちの一本は、娘たちが住む古い家の日当たりのよいテラスのそばに、もう一本は、わたしの新しい隠居所の庭の片すみに移し植えた。

しばらくして、古い家の方に黒いラブラドールレトリーバーの仔犬が迎えられ、テラスの近くにつながれた。明くる朝。その場に根づいたと安心していた椿の若木が、見る影もない姿でちらばっていた。

仔犬にばらばらにされた夭折の椿。

無残で悲しく、仔犬を叱ろうかと思った。だが、犬はもしかしたらその椿に何かしら感じるものがあって、無関心ではいられなかったのではないか、と思いなおし、ていねいに枝葉を拾って土に埋めた。以前、同じ場所で飼われていた大柄な犬も、夫にかわいがられていたな…と、在りし日の光景をおもいながら。

他方、わたしの庭の一本は無事に育ち、幹の根元につけた『Rの椿』（Rは夫の名のイニシャル）という札が隠れてしまうほどになった。彼が葉差しの行く末に思いをつないだ、大きく育ったヤブツバキ。椿の花ことばは「気どらない優美さ」というらしい。

二十年以上たった今年も、冬に先駆けてつぼみがあちこちに膨らみ、しずかに紅色をのぞかせている。

春鶯囀《しゅんのうてん》

「ここがよい。これで居場所ができた」

カトリック共同墓地の一画を指して、R（夫）が言った。

南の端から三番目の一段高くなった更地で、東側のフェンスに沿った場所である。彼のむしろ軽い調子のせいか、深刻な感じではなくそばにいる者も平静な気持ちで同意した。それは、Rが前年の十二月初旬に胃の手術を受け、その後小康を得てほぼ以前の生活に戻っていたある日のことであった。

春が過ぎ、夏をやり過ごして秋が始まるとともに、Rは再び入院することになった。診察を受けてタクシーを拾うところまで歩いているときに、よろけて前のめりに歩道に膝をついてしまったことを家族に報告しながら、「特に何も障害物がないところだよ…」と、そのことにショックを受けたらしく、自分の姿を俯瞰するような描写をしてみせた。急激な体力の衰えを自覚していた。

それからの三か月ほどのRの入院生活は、急な坂を転がるような目まぐるしさだった。

病床でRが墓石のイメージを話題にしたことがあった。誰か著名な作家の作品の中にあったらしいことがらを、図像ではなく言葉で説明したのだが、聞くのもつらいことなのでわたしはただ受け身的にうなづいていた。が、アウトラインだけはしっかりと記憶にとどめた。

「横から見ると十字架の形で、正面からは本の一ページのように見える」

本に埋もれるような研究室で長年過ごしたRらしい発想だ。

Rは几帳面な性格で、会議でも個人的な場合にでも約束の時間に遅れたことを知らない。その旅立ちもまた、あまりにきっちりとした日どりで、家族のだれもがあっけにとられるくらいであった。手術を受けた日からちょうど丸一年をむかえる前日の朝、同じ病院の一室で、Rは一つの深い呼吸を終えると、その続きを断った。

何か月かのちに、同じカトリック信徒である石屋さんに墓石をお願いするにあたって、わたしは、Rが話した「かたち」を石膏で作ってみた。縦横のバランスを考えながら、掌サイズの、ある程度納得のいくものができたので、某日の夕方、自宅まで注文を受けに来てくれた石屋さんにそれを示して、「どうでしょう?」と言った。

そのとき、窓際の樹から冴えた声で、ウグイスが三度囀《さえず》った。

「めずらしい。こんなに近くでウグイスが」

と、石屋さんが驚いた顔を向けられた。わたしもこの地に住んで永いが、その時まで我が家の窓に寄る高木でウグイスが囀るのを聴いたことがなかった。それは、三度の声を響かせただけで、あとは耳をすませても、窓外に目をこらしても、刻々と暮れてゆく空に木々のシルエットが浮き上がるのみであった。

「ウグイスも『いいよ』と言ってくれたので」

わたしはある種の〝不思議〟を感じてそう言ったところ、石屋さんは

「石屋としても、こういう仕事をさせていただくのはやりがいがあります」

と明るい表情で相槌をうって、石膏の模型を預かって帰られた。

できあがった墓石の前面には、旅立つ一か月前に受洗してパウロの霊名（洗礼名）をもらったRのために、聖パウロの書簡の某節を書家に書いてもらい、裏には美しい字を書かれる方に、わたしの好きな聖書の一文「とぶ鳥を見よ　野に咲く花を見よ…」の揮毫をお願いした。丸く囲んだ聖母マリアの横顔を掘ってくださったのは、石屋さんのお母様だということで、総出で精魂込めて「かたち」を完成してくださりありがたかった。

山梨の地酒に「春鶯囀《しゅんのうてん》」という銘柄がある。歌人与謝野晶子が、かつて増穂の地を訪れたときに味わった日本酒に名づけたといわれている銘酒である。ウグイスの囀りが耳に

心地よく響くような味わいだったのだろう。生前Rも地酒「春鶯囀」を好んだ。「これでどうかしら」と訊いたわたしに、ウグイスが代弁して返事をしてくれたと感じた。

Rとも付きあいのあった何人かの同僚にこの話をすると、

「そんなこと…あまりにロマンチストすぎる！」

と嘲笑した独身女性もいれば、

「いや、それはありうることだ」

と、真剣に擁護してくれる男性もあった。

他者がどう思うかに関係なく、わたしはあのウグイスに感謝している。

わたしがササユリだったころ

わたしがハタセの山のササユリだったころ、ほかのどんなユリとも比較されなかった。
西日本の気候風土になじんで、初夏には山の緑の中に楚々と顔をのぞかせて香り、輝いた。

そこは兵庫県の片田舎。県の地図で見るとちょうど真ん中あたり、播州平野の緑に彩られる稲作地帯の一画です。加古川という一級河川にかかる大橋からまっすぐ西方向に延びる山道は、隣市のはずれに通じていますが、他に主道があるため、そのころは峠を越えていく人や車の往来はめったにありません。

峠の中腹のハタセというところに、戦後しばらく進駐軍が駐屯していた木造の宿舎が、小高い山を背負うように建っていました。ポツンと一軒家です。進駐軍が引き上げたあとに、上田さん一家が借りて住むことになりました。夫婦と子ども五人の七人家族は、明石の戦火を逃れてきて、県職員の父親の仕事が定まって落ち着くまで、村の奇特家を頼って転々と間借りを繰り返したのちに、やっと独立した住処を得ました。そこは普通の家というより、アメリカ人サイズの大型のテーブルや長椅子が無造作に放り込まれている部屋が長い間そのままにされていたりして、合宿場の雰囲気のままでした。子どもたちは、そんなテーブルの積み重なりのわずかな空間を探して自分だけの基地づくりに夢中になり、玄関から眼下に眺める池や小川ともすぐに親しんだものです。それなりに平和で活気のある空気が漂いはじめた初夏のころ、わたしも、仲間とともに山の岩陰や低木の傍でせいいっぱい美しく装って顔を見せ、香りをその家族のすむ家の方に流し送りました。

一家の三番目の子は小学二年生のひでみさん。遊びに来たクラスメートのまちこさんと、裏山に行こうよと靴を履くのももどかしげに登ってきました。香りに誘われたにちがいありません。緑のブッシュの中に薄い紅色をはたいた白く輝くわたしや仲間を見つけて、女の子たちが歓声をあげました。小さな腕でもひとかかえになるほど摘めば相当な数です。二人は意気揚々と家に引き上げていきました。子どもたちの高揚した気持ちはわたしを幸せにし、家じゅうに芳香を満ち溢れさせました。

――これは、わたしの「原風景」である。

ササユリは、「葉が笹に似ており、すっと伸びた細いがしっかりした茎の先に一つだけ花を咲かせる、関西地方の低い山地に自生するユリ」と図鑑にある。

最近とどいた園芸店のカタログをめくっているとき、はっと目を釘付けにさせるページがあった。販売品は球根だが、開いた花弁が美しいユリの花々の写真。ハリウッドの女優のような大ぶりの白いカサブランカの隣に、ほっぺが赤らんだ田舎娘風情の素朴なササユリがあった。このユリがカタログに載ること自体めずらしい。もう、〝ササユリ〟というだけでわたしの心はハタセの空の上に飛んで、たちどころに購入の付箋をつけた。が、待てよ、と踏みとどまる。球根一個の値段が千八百八十円とある。カサブランカよりも高い。高嶺（値？）の花である。わたしのササユリは両腕に抱えるほどなくてはならず、それだけ購入するのはむずかしい。しかも、カタログの写真は、わたしのイメージとはずれていた。花の紅色はもっと淡く、もっと気品があるはず。

関東以北の山野には見られないから高値なのだろうが、値段は置くとしても、懐かしいからといってこの異なった風土にむやみに根付かせようとするのは、ササユリにとって迷惑至極ではないのか——。

わたしは購入の付箋をいきおいよくはがした。

※この文のタイトルは、中島京子著『妻が椎茸だったころ』を読んで感化され、それに倣ったものです。

路地裏のササユリ

そのころわたしは悩み多い日々を過ごしていた。将来のこと、どう生きるべきか、という出口が見えないことに心がとらわれ、悩みを悩むような状態だった。外からはどう見えたかは分からないが、爽やかな若い女性とは似ても似つかない、内面は、辛気くさいうっとうしい学生だった。

奈良の女子修道院に寄宿させてもらいながら京都にある大学の大学院に電車で通ってほぼ一年がたったころ、京都に下宿をさがした。移り住んだのは河原町丸太町東入ルにある古い家。わたしが借りた部屋は、母屋の土間を通って裏手に二間あるうちの外側の四畳半で、母屋側の部屋は、声が元気な観光バスガイドの女性が時々使っていた。朝、下宿を出るときには、土間で立ち止まり、座敷の方に向かって「いってきます」と声をかける。「はようおかえりやす」とおばさんの声がふすまの奥から返ってくる。それが日常だった。

あるときおばさんが、「水は、内の台所《だいどこ》の水道をお使いやす」と言ってくれたが、わたしは、「はい」と返事はしたものの、昔からあったらしい裏の井戸から手押しポンプで汲み上げる井戸水ばかりをつかっていた。遠慮深いともいえたが、甘えられない、社交性のよわい意固地さが、そのころますます高じていたのだった。

ある朝、いつものように顔を洗うために洗面器に汲んだ水を何気なくのぞくと、白い糸くずが混じっている。と思ったら、それがくねくねと動くではないか！　ぞっと背筋が寒くなるのを耐えてなおよく見るが、そのくねくねムシはどちらが頭かしっぽか、見分けがつかない。おそらく井戸の暗闇の中で目も退化してしまったのだろうと想像した。その瞬間、はっと、そのきもち悪いムシに自分を重ねていた。わたしはこのムシと何ら変わらない。狭く暗い「井の中の蛙」よりも、もっと未熟なムシ。


京都という一般に人が憧れる街に住みながら、下宿と大学との往来のみの生活。しかも月末に近づくと仕送りがとどくまで財布に残るわずかの小銭を数える日々。学生食堂では一番安いメニューを探す。そして百三十円の素うどんを注文する。

往復の電車賃も節約しなければならない日には、五キロほどの道のりを歩いた。しかし時間に余裕がもてれば歩くことも悪くはなかった。鴨川にかかる橋に近づくと、あの肉桂（シナモン）の香りが漂ってくる。橋のたもとに「八つ橋」の家内工場があった。道路に面した小ぶりなウインドウには箱におさまった茶色の八つ橋が並べられている。わたしは立ち止まってそれを眺め、香りを胸いっぱいに吸い込み、通り過ぎる。

その日の帰りは、電車通りから外れていつもとは違う路地に入ってみた。古本屋が店の前に出した台の上にも雑多な本を置いている。そんな中に愛読書の「続本」を見つけた嬉しさ！　弘津正二著『続・若き哲学徒の手記』だった。――今度お金があるときにはきっと。売れ残っていることを願いつつ、そこを離れる。

狭い街角を曲がると、花屋が見えた。香りに引き寄せられて近づくと、道路の際まで花の鉢やら箱やらがせり出して置かれた一画に、大きな樽いっぱいにササユリが無造作に入れられていた。そこだけがひときわ輝いて見えた。樽の胴には「一本五円」と書いた紙片が貼ってある。無我夢中でふところを確かめた。一本五円なら百円あればいくら買える？と、高ぶる気持ちをおさえつつ、

「ササユリ二十本くださーい」

店の奥に向かって声をはり上げる。

――わたしの「原風景」にある香りと感触。ユリたちのなかに顔をうずめながら夢の中にいるような心地で歩いた。なぜか涙がこぼれた。

そのあと、わたしは決心をした。この井戸の底からもっと広い世界へ出ようと。その決

意は、祈りの力となってわたしを導いた。

前期試験が終わったところで休学届を出し、運転免許をとったりと渡米の準備を始めた。アメリカに住むプラズマ物理学者のU先生と、奥さんも生物学の研究者でともに京都出身の夫妻が、娘二人と間もなく生まれる子どもの養育係兼ハウスキーパーができる若い人を求めており、渡航費や現地での生活費は一切負担をかけないという条件が示されて、わたしが応じたのだった。

ある意味で娘を買いかぶっている父は、「お前はアメリカの大学にいくのやのうて、お手伝いさんか！」と渡米の目的が気に入らないと反対し、「けど、自分で選んだからには、どんなつらいことがあっても、決められた期間までは帰りたいとは絶対言うでないぞ」とくぎを刺した。母は、「つらくて辛抱できないときには、お母ちゃんが帰りの飛行機代を送ってあげるから、言いなさいよ」とこっそりささやいた。「家政婦」「お手伝いさん」といえば、一昔前の身分的に従属的なつらい立場を連想してしまい、親たちは心配したようだったが、わたし自身の「学生」というアイデンティティには揺らぎがなく、学んできた心理学の生きた存在対象とじっくり関われるまたとないチャンスとも思えて、まったく迷いはなかったし、それ以上に、自分をからめている無明の悩みの鎖をゆるめることができるかどうか、未知の世界に自身をおいて試してみたいという気持ちが強かった。

姉は、「もっと早くに知っていればいろいろ作ってあげたのに」と、一晩で縫ったという花の刺繍を施したサロンエプロンと、一冊の料理本をプレゼントしてくれた（この料理本は、はじめから全ページ試作しつくして、独学の料理の腕を磨くのに貢献してくれた）。

また思い起こせば、このアメリカでの一年余りの生活は、高潔で学識高いＵ先生夫妻の学者としての生き方をも学ぶ、価値ある寄り道であった。

その渡米に込めた秘めた願いと覚悟は、わたしの「原風景」の中に今も生きているいきいきとした子どものころのエネルギーに、後押しされていた。

「しろ」

早春のある午後、どこからきたのか、ほっそりと姿の良い白い雌犬がアパートの前庭にいた。学校帰りの子どもたちは興奮して大声で何やら口々に言いながら犬を取り巻いている。ひとりが家に駆けこんで何がしかの餌を手にして駆けもどると、我も我もとそれに倣《なら》う者や、鞄を放り出して犬をなでる子、こわごわ近づいて真剣な顔で観察をする子など、ふだんペットとはなじみの少ない環境にいるので、それは新鮮な体験にちがいなかった。

住まいの五階建てアパートは戸数が二十軒あり、多くは、Y大学の比較的若い教職員の家族が住んでいた。子どもたちも小学生が多かった。

それから半月ほどの日々、毎日下校時間に合わせるように現れるその犬を、「しろ」と名付けて、子どもたちはそれぞれが半ば自分の飼い犬のような気分で接していたようだった。しかし中には、いわゆるこわがりの姉妹もいて、近くにいた「しろ」があくびをしたのを咬まれるとおもったのか、妹の方が大泣きして母親にうったえ、大人たちが問題にし始めた。

そうして、「しろ」にかかわった子どもの親たちに招集がかかった。リーダーシップをとる方の家で話し合いを持つことになって、わたしもそれに参加した。集まった数人はほとんどが父親で、母親はわたしとその家の奥さんだけだった。奥さんは軽い飲み物とチーズかと思われたホワイトチョコレートでもてなしてくださると、キッチンに近い席で静かに座っておられる。最初から何となく重苦しい雰囲気だった。

「アパートでは犬・猫などは飼わないのが原則だ」

「子どもがそれで怪我でもしたら、だれが責任をとるのか」

「餌をやってはいけない」

そういった正論を強い口調で述べるのは、犬のあくびをこわがった子のお父さん。もやもやしたものを感じながらも、その意見にはあえて逆らわなかった。結論として、市の保健所に連絡して、野犬を駆除する毒餌《どくえ》を撒《ま》いてもらうか、捕獲処理してもらう方向に話がすすめられた。

お開きになって皆が席を立とうとすると、正論を支持したと思えたお父さんの一人が、「ほんとは、アパートだって子どもには自由に犬とかかわらせたいよなぁ」と、苦笑いしながら独り言《ご》ちた。「そうですよ、ほんとは、ね」と、相槌を打つ人もいた。親としてはそういう思いと、そうはいかない住宅事情に甘んじている現実を暗黙裡《り》に共有している大人たちだった。その〝本音〟になんとなく慰められる一方で、「しろ」を強制的に排除する大人に逆らえない子どもらのことを想像しながら、わたしは複雑な気持ちでアパートの固い金属製のドアを閉めた。

つぎの日から、「しろ」はアパートの庭に姿を見せなくなった。

「ママ、きょうは「しろ」が来ないよ」と告げる娘には、「さっそく捕獲されたのか…」と後ろめたい思いをもちながら、何も説明しなかった。できなかった。子どもたちも、何かと忙しい毎日のスケジュールの中で、とくに深追いするようでもない。そのままの状態で時間は過ぎた。

何週間か経っていたかもしれない。また、下校時の子どもたちが騒いでいる。部屋にいたわたしはすぐ、前庭に面した台所の窓から身を乗り出して様子を見る。あの「しろ」が戻ってきたのだ！　しかも周りに、そっくりの真っ白な仔犬や、少しうす茶色が混じった仔犬たちが四、五匹じゃれあっている。三人ほどの子どもらは、甲高い声で「かわいぃー」を連発し、ちょっと大きい子はしゃがんで「しろ」をなでながら、「こどもを見せに来たんだねー」などと、口々に感極まったようすである。さっそく親に報告に走る子もいる。あちこちの台所の窓が開いて、母親たちが顔をのぞかせる。子どもらと「しろ」親子との、うれしい再会のひとときであった。

しかし、どんなにかわいくても、アパートの戸室で仔犬を飼うことはできない。それは子どもたちもわかっている。日が暮れるまで前庭で犬たちの傍を離れなかった子どもも、夕飯時にはそれぞれの家に引き上げた。「しろ」の親子もいつのまにか姿を消していた。

それから間もない日の昼下がり、「野犬捕獲のために毒餌を撒きますので、散歩中の犬などが誤って食べないように気をつけてください」との町内放送が流れた。放送は何日か繰り返された。あの「しろ」たちは大丈夫だろうか、どこでどうしているか、誤って毒餌を食べないように…と案じていた。

ある朝、「しろ」協議に部屋を提供してくれた家の奥さんが、停めてある車の陰に横たわる白い犬を見つけて叫び声をあげた。わたしはちょうど階段を下りて庭に出たところだった。子どもらは学校に行っていて、いない。

あの「しろ」ですね！　毒餌を食べちゃったのでしょうか、どうしましょう、などとわたしたちはうろたえてしまった。野犬であっても、死んで横たわる姿はいたましく、直視できないものがある。持ち合わせた大判のハンカチを「しろ」のお腹のあたりに掛けた。

そのとき、アパートの住人ではない女子高生二人が、前庭を通りぬけて近道を行こうとしていた。アパートの入り口から出てしばらくして、二人は手に白い花を握って戻ってきた。道端に咲いていた花らしい。その小さな花束を「しろ」の頭のところにそっと手向《たむ》けて、またさっきの方向に静かに歩いていった。

「しろ」は、こどもを見せにやって来た。

仔犬たちのその後の消息はわからない…。

「しろ」は、死に至る毒を口にしたとき、苦しくもつれる足取りを励まして、アパートの前庭までたどりついた。そして、車の陰で息絶えた。子どもたちとの短いがあたたかい交流の記憶が、ひん死の「しろ」の足をここに向かわせたのだろうか。

わたしは、見知らぬ二人の女子高生の行為にも心うたれ、「しろ」のもつ徳のようなものを、改めて感じたのだった。

ある少女の生と死（二）

もえさん（仮名）は、十七歳の誕生日の夜に、田舎の単線線路の踏切をくぐってその短い命の火を消してしまった。わたしが彼女と出会ったのは、どなたかの紹介でカウンセリング的に付きあうようになったときで、もえさんは中学三年生だった。双子の妹と母と祖母の四人暮らし。妹よりも整った美しいといえる顔立ちをしており、まじめに勉強もする人だったが、つつしみ深い雰囲気の奥に闇を、悩みを抱えていた。その悩みの一片を語るときに、わたしがその言葉を反芻すると

「っていうか…××なんです」

と、ほとんどいつでも、それが彼女の本意とちょっとずれていることを指摘するような反応が返ってきた。彼女の悩みは、いわば生きることに関する純粋で原初的な問題であり、むしろわたしの青春期のころの波長と合う種類のことだったのだが、どうしたらそのもやもやをクリアにできるか、未熟だったわたしは焦っていた。

ともすると、わたしが心情ではなく頭で理解しようとしたせいもあろう。家族のことに

触れるときにも、妹は自分と真反対のような性格で言いたいことを言う、と軽く笑いながら話すくらいが限度で、姉妹間の葛藤を語るまでは深まらず、進学のこととか友だちとのことなど、それほど悩みの核心ではないことに話が滑っていった。じっさい彼女は短期に郵便局でアルバイトをしてみたり、妹やほかの子とちがう私学の高校への進学を決めたりして、何とか明るい方向に歩みだしたと見えたが、根本的な問題の解決にはならなかったのだろう。〝うつ〟傾向が高じてきて、学校の先生とも相談の上しばらく学校を休むことになり、同時に親の勧めで思春期外来の医療にもかかるようになった。それによってわたしとのかかわりは少し間遠になりつつも、精神科治療と教育的なかかわりとの両輪でサポートしていけるかと思った。が、その考えの程度は、甘かった。

もえさん十六歳の半ば、わたしは「十七歳を生きる」という本を彼女に貸してあげた。それは小児がんのために十七歳までしか生きられなかった少女が、限られた命を燃やし尽くす、考えようでは明るく力強く生きる意志を貫いた手記だった。何日かして、もえさんは「ありがとうございました」といつものように礼儀正しい挨拶文を一筆添えて本を返した。その時、彼女が読んでどう感じたか、なぜもっと掘り下げなかったのか、わたしは後でどれほど反省したかしれないが、あとのまつりである。

その日、わたしは大学附属幼稚園で学生たちの観察実習に付きあっていた。そこへ夫が、もえさんが亡くなったとの電話がさっき自宅にあったと、知らせに来てくれた。慎重な行動をとる夫が、授業の最中にわざわざ知らせに現れたことも、事の重大さを一層鋭くつきつけるものだった。生きていてくれさえしたら、どんな状態であれ、わたしの全身全霊を傾けてもう一度彼女と付きあっていく覚悟が直ちに生じたはずなのに、と蒼白になりながら、唇をかんだ。

とるものもとりあえず、彼女の家を探して訪ねた。部屋には、死出の旅装束のもえさんが横たわり、何人かが沈痛な雰囲気で取り囲んでいた。顔の損傷はそれほどなく美しさを損なっていなかった。棺に移すために、薄い布団の八方から持ち上げる一端を持ったとき、すらりとしているにもかかわらず、ずっしりと手に重みが伝わってきた。その重みが、もえさんが生きた十七年を凝集している気がした。

彼女は以前に、亡き父親との思い出を語ったことがある。それは、長野の高原にスカシユリが一面に咲く風景だと言って、夢見る目をした。

自宅の塀際に置いた鉢に、二本のスカシユリが蕾をつけた誕生日の夜、入浴後に念入りに髪を整えて一番好きだという洋服をきちんと着て

「お母さん、花を見てくるね」

と声をかけて、表戸を閉めたという。

「夜なのにきれいな服を？　とちょっといぶかったが、植木鉢の花のことだと思って、わたしは『ふーん』と返事をしたんですよね」「十分たっても十五分たっても入って来ず…あたりにもいないので、もしやと踏切の方に走っていました。止まるはずのない最終電車が灯りをつけて停車していて…」　母親は、同じ場面を何度か繰り返し話された。

彼女を担当していた医師にも会った。「もっと〝うつ〟としてしっかり医療的対処をするべきでした」と、医者としての悔悟を暗い表情で口にされた。もえさんの机の引出しには、高校の支援の先生宛、病院の女医さん宛、そしてカウンセラー宛にみじかい遺書があったと見せられた。折りたたんだ便せんに、ただ「ありがとうございました　そして　すみません」と、ていねいな文字で書かれていた。三者いずれの手も、もえさんの心の闇を掬い取るところにまで届かなかった。

もし…もし、と考えてしまう。もしスカシユリを植木鉢の二本ではなく、もっとたくさん地植えして、かつて父親と見た光景を現実の庭仕事として彼女自身が再現できていたなら、幻の花を見に急ぐことはなかったかもしれない…と。

敬老の日

長寿社会になってから「敬老の日」は、年中行事にしっかり位置づけられているようで、九月半ばにはには何かにつけよく耳に入ってくる。しかし「敬老」という文字通りの意味よりも、最近では「長寿を祝う」意味あいが強いようだ。

その日が近い夕刻、娘親子とわたしの三人づれで入ったなじみの飯屋でのこと。近所の人が小さなビニール袋に入ったものを届けに来た。それをカウンター越しに受け取ったおかみさんが、ひらひらさせながら「敬老のお祝品だって、プラスチックのホイッスル。この辺りは年寄りが多くてね、（祝い品が）どんどん貧弱になる」と、早口に一気に言う。そして客の間でそんなことが次々と話題になる。カウンターの周りに陣取っている客は、該当者が多いのだ。

「うちの自治会からは千円分のクオカードをいただいた、丁寧に包んであって」とわたしが話すと、「組長さんが持ってきてくださったときには『母は向こうの家です』って言ったんだけど、受け取ってもらっておけばよかった」と笑う娘。「わたしはいただいたものを、すっかりこちらに」と隣に座っている孫を指すと、大学生になった孫息子は「ありがたくいただきました」とポケットをおさえる。

わたしが人並みに高齢者の仲間入りをした何年か前の九月某日、夕食の後で孫息子が母親と目配せをして、紙切れを差し出す。

紙片には、子どもの大きな字で次のように書いてある。

【おはあちゃん★

敬老の日　おめでとう!!

ジンズピーシー　引換券　いっしょに選びに行こうね

〇〇&ママより】

(★祖母の通称=「ば」という日本語の響きがきらいだと言うわたし。じゃぁ濁点を取ってあげようと娘が提案して、わたしへの呼び名として定着した。ジンズピーシーとはパソコン用のブルーライト対応眼鏡を扱っている店である)

すてきなプレゼントに対して、わたしの反応はどんくさかったにちがいない。

「ところで、君たち、老を敬ってる?」と言ったのだ。

「敬ってるよー」二人は口をそろえる。

親や目上を敬う姿勢は、時代劇などを見ていると、とくに武士階級では、子は「父上」「母上」「おばば様」などと敬語を使い、しぐさや態度でもそれを明瞭にあらわしている。社会に伝統的な仕組みが存在する場合には、生き方の様式として敬うことを学習するのはむしろ容易であった。一方、封建制打破などによりその仕組みが取り払われた現代社会では、各家庭で個人々々が互いを尊重する態度を身に付けていかねばならない。さらに、親世代の意識と子ども世代のそれにはずれもあるために、今日のほうが何かと難しい事態が生じる。子どもから「うるせぇ、くそばばぁ！」などと捨て台詞を言われてうれしい母親はいないだろう。そういう言葉を口にできる子どもとの関係をつくってしまったこと、その親であることの悩ましさはぬぐえまい。

敬老対象者としては、「くそばばぁ」「ぼけじじぃ」などと汚い言葉を若い者に使わせないような毅然とした後ろ姿を、せめて見せたいものである。

Ⅳ 実

とり――君の名は

雨粒が紅いザクロの花を揺らしている。一晩中降っていた雨、まだ止まないのかなぁとつぶやきながら、わたしは窓越しに庭を眺めていた。

と、軒の近くに植えてある金木犀の下草あたりに動くものがあった。からだ全体が暗い色の、三十センチくらいのいきものだ。大型のネズミ？　モグラ？　それともリス？　などと、一瞬とんちんかんな考えが頭のなかをかけめぐるが、それはない、と冷静にじっと見ると、羽がある…鳥だ！「なんていう鳥だろう」と心が躍った。

間近なところにやってきた訪問者の名前が知りたい。観察していると、地面の落ち葉を激しくつつきながらすばしっこく動きまわる。茂みの後ろの岩のほうに回ると、そのあとを追うように同形の鳥があらわれた。前のをまねるように同じような動きをするのがおもしろい。つがいだろうか。体の特徴をもっとはっきり見たい。そうだ双眼鏡！と、とって返した時には、二羽はさっきのところからかなり離れた場所へ移っていたが、雑草の間に見え隠れする姿を追う。しかし、こういう激しく動くものに双眼鏡の焦点を合わせるのはとっても難しい。そうだカメラ！　と、カメラの倍率を拡大してシャッターを切り、かろうじてその姿をとらえた。

全身濃い灰色。きれいな羽色とはいいがたいが、チャコールグレーというのだろうか。顔に頬紅のように朱茶の丸が見える。これくらいのデータでも名前はわかるかもしれない。若い人なら迷わずスマホ検索をするのだろうが、わたしは図鑑が好きだ。

君の名は？

手元にある図鑑（叶内拓哉《かのうちたくや》監修・写真『見わけ聞きわけ　野鳥図鑑』池田書店）を端からくまなく照合していくと、まさしくかれらは「ヒヨドリ」である。

鳴き声は「ピーヨ・ピーヨ」と表記されているが、「ヒーヨ・ヒーヨ」と鳴くから「ヒヨドリ」という説もあるらしく、その方が覚えやすい。ホトトギスの囀りを「とっきょきょかきょく（特許許可局）」などと有意味化することを『聞きなし』と言うそうだが、ヒヨドリの聞きなしは『いーよ、いーよ』とあるから、さらに気に入った。

図鑑によると、

> ヒヨドリは留鳥または漂鳥で、初夏と秋には本州と北海道を行き来する大群がみられ、源義経が平家の軍勢を追い落とした合戦が「ひよどり越え」として伝えられており、そ

の場所が渡りの場所であることが古くから知られていた。またアジア地域に生息するので、その他の海外のバードウォッチャーには珍しい鳥であって、ヒヨドリを目当ての一つにして来日する場合がある。が、日本では古来より身近な野鳥として親しまれている。


「そうなんだ、ヒヨドリさーん」

「もうすぐうちのジューンベリーの木の実がたくさん熟れるよ」

「いっぱい食べても、いーよ！　またいらっしゃーい」

などと窓の内から呼びかけてみるも、すでに二羽の姿は見えなくなっていた。

四月、アーモンドの花に寄るヒヨドリ

〝土喰うて 虫喰うて 渋ーい〟

庭に出ていると、スズメ、カラス、悠然と頭上を舞うトンビなどに加え、ツーっと速い飛行をする黒い鳥が現れる。はじめは「おや、もうツバメの季節か」と傍観的な感覚で眺めていたのだが、わたしの肩をかすめるように旋回し、車庫の物干し竿の下をくぐって、壁の一隅を目ざすではないか。あわてて目で追うと、壁の小窓の上に取り付けられた自動換気扇の上にちょこんと座った。換気扇カバーは金属製のカップを縦割りにしてかぶせたような形をしており、座り心地がよいとは思えないのだが…と思う間もなく飛び立ち、また舞い戻る。やがて二羽になり、おしゃべりをかわしたり交叉飛びなどしつつ、その換気扇に執着する様子である。

「巣づくりだ！」。わたしは反射的に拒絶感情をいだいた。

「やめて！」「悪いけど、ほかを探して！」などと言いながら、空気銃の真似をしてパンパンパンと柏手を打ったり、はてはホウキの棒を振りまわしたりしたが、かれらにはこちらの思惑が伝わらないらしい。迷惑そうにちょっとはなれてみたりはするが、隙あらば換気扇へという態度を変えないので、しばらくにらめっこを続けた。が、そのうち二羽ともどこかへ行ってしまって静かになった。あきらめたのかなぁと半ば安堵しつつも、わたしの中では忸怩《じくじ》たるものがないわけではなかった。先だってはヒヨドリに「またいらっしゃい」と、声をかけた自分が、ツバメの「巣づくり」には棒を振りまわして追い払おうとする。これって何？

それにはわけがあった。四年ほど前に、二階のちょうど同じ位置あたりにある換気扇上にツバメが巣をつくり、かれら一家が去った跡の壁や車庫の屋根が遠目にも汚らしくて困っていた。意を決して、わたしは小さな窓から急斜面の屋根づたいに下り、バケツとブラシとぞうきんを携えてたいへんな思いで掃除をしたのだが、ツバメの産卵から孵化、子育てや巣立ちをつぶさに見ていないせいか、空っぽの巣はただ汚く、むなしく思われた。そのことがぱっとフラッシュバックしたためだった。

夕食後に大学生の孫息子にそんなことを話したところ、彼（S）は、今年のツバメの間借りにわたし（m）が寛容になるための妥協策を提案してきた。

m「下に糞をおとすし」

S「段ボールでも置いておいたら？　トイレ用に」

m「壁も汚すのよ。塗り替えたきれいな壁よ」

S「周りの壁にビニールを貼ったらどうかなぁ」
m「そうねぇ、まぁ今回は、二階じゃないからね…」
わたしは「野鳥図鑑」をとり出して、ツバメの項をひらいて読み上げた。

日本で繁殖をしたツバメは、台湾を経由してフィリピン、マレーシアで越冬し、再び日本にやってくる。近年環境の変化によりその数を減らしており、日本野鳥の会などが大規模な調査を実施している。(中略)平安時代よりツバクロと称して愛され、軒下に巣をつくると縁起がよいと言われたこともある。

聞いていてSは目を輝かせる。
S「じゃ、なおさら、巣をつくらせてやったら?」
m「そうね、はるばるマレーシアあたりから飛んできて、そこを選んだわけだしね。明日こりずに巣づくりを続けようとしたら、邪魔しないでおくよ。それに、囀りの『聞きなし』がおもしろい」
〝土喰うて 虫喰うて 渋ーい〟
二人して、ツバメの「聞きなし」の早口ことばを競い合った。

翌朝、Ｓの提案どおりに空の段ボール箱を置いて外出した。昼前に戻ってくると、換気扇の上に塗られた黒い泥がかさ高になっている。

「あ、昨日のつがいだ。旦那のほうは燕尾服でスカートのほうが奥さん。この夫婦はどんな子育てをするのかな、楽しみになってきた」と、一転、親しく眺めることができるわたしだった。二羽は忙しく飛び交い、巣はどんどん形よく塗り固められていく。

その翌々日、五月二十七日の午後四時ごろのことである。

突然ハシブトカラスが数羽現れて、止めてある車のそばで、くんずほぐれつガーガーと何やら険悪な雰囲気で騒ぎたてる。何事？　かれら同士の何かの取り合いなのか、それとも…ツバメの巣を見つけてのことか？　わたしは外に出て確かめようとした。異様な騒ぎは短時間で終わりカラスたちは去ったのだが、（わる）賢いカラスのこと、見つけてねらいをつけたら卵か雛をさらっていくかもしれない…と、若夫婦を下宿させている大家さんよろしく、気をもんでいる自分がいた。

カラスたちのいなくなった後、その日はツバメたちの往来がなかった。もうねぐらに帰ったのかなと思っていたところが、次の日もその次の日もトイレ用段ボール箱の中に敷いた新聞紙は、糞や泥くずなどのかけらもなくきれいなままである。四日経っても、まったく姿が見えない。

あの時のギャングめいたカラスたちの騒ぎは尋常ではなかった。わたしが棒を振りまわして追っ払おうとしたことにはめげなかったツバメたちだが、鳥の世界での何らかの危険なサインを読み取って、せっかく作った巣を捨てたのではないかと思われる。こうした自然界の強弱の争いや営みを考え合わせると、昔から人間とツバメの親しい関係がツバメのＤＮＡに刷り込まれていて、「人家の軒下に巣づくり」ということが広く行われるようになったのだろうか。

家の車庫の壁際で、巣の形としてはほぼ完成しているのに。また家主の承諾も得たというのに。残念だ。

来年はどうだろうか。

完成後に捨てられた巣

知るよりも感じる――非認知能力

「うちのおじいさん、ちょっと、ニンチがきていまして」などと、「認知症」を省略してお嫁さんが言っても通じてしまうほど、「認知」という言葉を最近とみに耳にする。

認知とは何だろう。高齢運転者の認知能力テストというのがあるが、内容はかんたんな視聴覚的記銘とその保持の状態を調べることが中心になっている。また学校現場での授業では、「読み書きそろばん」と昔から言い慣わしたように科目ごとにものごとを理解して知識を増やし、習得したものを記憶し応用する「認知的能力」を培うことに重点が置かれているという印象が強い。考えてみれば、わたしたちは日常的に「認知能力」を試され、それを発揮するのに躍起になっているのではなかろうか。

それに対して「非認知能力」という言葉はまだ知名度が低いが、最近注目度が高まっている。「非認知的」とは「認知しない」ことではなくて、頭で処理する知的な認知活動に対して、感覚をみがき、感性と想像力をゆたかにし、それらを適切にはたらかせて社会生活を営んでいくカ、いわゆる社会性のもとになる能力を指しており、後者のバランスアップを図る必要があるという指摘の高まりである。

非認知的能力を培う手立ては？　といった指南書も現れる今日。絵本のもつ威力の再評価から、子どもばかりでなく大人こそ絵本を読もうという運動も高まっている。子どもが親しめる絵のある本だからといって決して幼稚な内容というわけではない。内面に働きかけるストーリーが想像をかきたて、自分独自の新しいストーリーを生み出すきっかけをつくる。ある意味、非認知能力は認知能力を包含するともいえる。その逆は簡単にいえないところに、バランスの悪さが生じてきているのだろう。

自然界のあらゆるものとかかわりあう機会は、いやがうえにも非認知的能力を高める場になる。子どもたちや若い人々に野外でのゆたかな体験をしてほしいと願って、仲間といっしょに四十年以上続けてきた活動がある。「やまなし幼児野外教育研究会（やがい研）」*だ。野外教育の専門家と、幼児心理・幼児教育専門家、そして学生やOB・OGたちが中心となって、それぞれの研究成果などを子どもと家族に還元することをその趣旨とした。

（＊山田英美・川村協平共編著『幼児キャンプ――森の体験・雪の体験』春風社、二〇〇一・二〇〇四）

スタッフが書いた某年の活動報告文の一例を、次に紹介したい。

「いつもと同じでいつもとちがう雪の教室」

雪にはいろいろな表情があり、毎年、毎日、ちがった驚きや感動、そして厳しさや楽しさを子どもたちやスタッフにプレゼントしてくれます。

いつもは一面真っ白い雪に覆われキラキラ輝く木戸池《きどいけ》も、今年はところどころに土が見え、笹の葉もちらほら姿を現していました。「春が近いね」「雪が茶色だ」「穴を掘ったらすぐ土が見えたよ」などといろいろなことを子どもたちと言いながら、春の訪れが徐々に早くなっていることを感じていました。

そんななか、三日目の夜間に降った雪は、たった五センチほどの積雪でしたが、ふかふかしてギュッとにぎると、手の形が残る雪の玉ができます。「うゎー真っ白だ」。朝の体操のとき子どもたちもスタッフも大喜びです。そして、志賀高原ではあたりまえのように思っていた真っ白い雪は、とてもぜいたくなものだったと実感しました。(中略)

全員で渋峠～草津間を滑り降りた十一キロの道はゲレンデのように整備されていなくて、夏の登山道をたどってまさに「下山する」という感じのコースです。針葉樹林の間を抜け、スキーを担いで川を渡り、道祖神に会いながら、くねくね道を曲がりそして草津へ。

いつもより早い雪解けのために滑る条件は優しくなく、今回初めてスキーを履いた子どもたちにとっては長く厳しい道のりだったと思います。でも雪焼けで黒光りした子どもたちの顔からこぼれる笑顔と、心地よい疲れとで、お弁当をもってバスに乗り込んだときには、じんわりと何かがわたしの胸に熱くこみ上げてきました。子どもたちのたくましさが輝いて見える瞬間でした。

やっぱり、いつもと同じ楽しい雪の教室でした！

（第十七回　OB雪の教室・プログラムディレクター　小林恵里香）

こうした活動を体験した子どもが、青年になってスタッフとして参加したり、親となってわが子にもチャンスを与えたいと願う。そういった非認知能力を高める教育の持続・循環が「やがい研」活動を支えてもいる。

植物から学ぶ

最近はまっている二冊の本があります。一冊目は『ふしぎの植物学――身近な緑の知恵と仕事』(中公新書、二〇〇三年)、二冊目は『雑草のはなし――見つけ方、たのしみ方』(中公新書、二〇〇七年)。著者はいずれも田中修氏(一九四七年京都生まれ。京都大学農学部で植物生理学を専攻、出版当時甲南大学教授)です。

わたしがもし子ども時代に父親との関係が良好だったら、きっとこの人のような分野の勉強をしたいと思ったにちがいないと、つくづく感じながらページをめくっていました。

＊　＊　＊

わたしが小学校から高校にいたるまで、父は兵庫県の中心部にある平野に新設された県営の実験農場長を命じられており、研修生などもいてさまざまな作物を試作していました。すぐれたお米としての「農林1号」とか、最近よくみる「紅東《べにあずま》」のような赤い皮のおいしいサツマイモのことなども当時頻繁に家で話題に上っていたので、わたしの耳の奥に焼きついています。寒い朝に、褞袍《どてら》で身をくるんだ父が、ひとつの盆栽の鉢の前に腰をかがめて、永い時間腕組みのままじっと植木を眺めている姿を見ることもありました。

そんな父がある時「朝鮮人参などの『忌地《いやじ》』の強い作物は、一度作ると十三年ほどは同じ土では育たないが、そのメカニズムはまだわかっていない」というようなことを、子どももいる前で話したことがありました。そのときわたしは実証的な学問の面白さの一片をかじって味をみたような気がして、ほんとうにワクワクしたものです。おそらく眼もキラキラ輝いていたにちがいないのですが、その輝きは、一瞬で消える夜空の花火のようにイメージだけが残り、持続しませんでした。そして大学受験の際には〝父とはなるべく遠い、関係の薄い分野を…〟と、ただネガティヴな動機だけで文系を選んでいました。

今考えると、経済的には親に全面的に頼ることを当然のこととしながら、反発心だけをエネルギーとして生きている、不遜な子どもの典型でした。父の何がわたしにそのように反抗心をもたせたのか？　世間的には決して悪い人ではなく、むしろ狭く歩きにくい道でも正しい方の道を選ぶ、融通の利かない信念を持った人だったのです。おそらく、子どもの気持ちなどを思いやるゆとりのない時代に、子どもの深い悲しみやつぶやきに柔軟に耳を貸すことができなかった、傷ついた小鳥がいれば、介抱するより先に支配下において力ずくでも言うことをきかせようとした、そんな昔かたぎの〝わからんちん（わからずや）〟

が身近にいて、逃れることができない状況のなせる業だったのではないか、と思います。

わたしはもっと子どもの心に寄り添える大人になりたい、そのための勉強をするにはどうしたらよいか。いつも胸の奥には出口を求めるそんな思いが地鳴りのようにあって、心理学を専攻することに決め、それでも逡巡に逡巡をかさねながらの青年時代を過ごしました。

＊　＊　＊

世に不惑の年といわれる四十歳の頃から山梨に住み、野外活動によって戸外の空気に自由に親しむ機会を得てからは、山野の植物たちが親しげに語りかけてくれるような気持ちになっています。そこには、深層では似た者同士であり、やさしさを伝えるのに互いに不器用だった父と娘の、もう修復する術のない悔恨すら癒してくれる、さわやかな空気が漂っているように感じます。

＊　＊　＊

さて、冒頭の書物に戻って、『雑草のはなし』のカラー・グラビアをめくっているとき、タデ科の植物として分類されたピンク色のちいさな球状の花の写真が目にとまりました。

どこかで出会ったことがあるという気がして記憶の糸を辿っていくと、ネパールのバンディプール村のはずれにあった広い空き地に飛びました。地面に這いつくばるように葉を広げ、たくさんのかわいらしい小花が葉蔭からのぞいている光景がよみがえり、あれは確かにこの花だった！と、ドキドキしながら本文を開くと、ありました。「ヒメツルソバ」という和名がつけられており、なんと、「インド、ネパール原産である」と説明が書かれています（161頁）。

原産の地で「かわいい花だな」と思って眺めた時には、乾燥したやせ地のせいか全体にもっと小ぶりでした。いや、やせ地のせいばかりでなく、葉っぱの感じがちょっと違うような…とさらに調べると、「ヒメイワダレソウ」というヒメツルソバの仲間で間違いないという結論に達しました。そして最近のこと、町内のとある路地を歩いているときに、塀際に沿って長く帯状に続く小花の群れを見て、また驚きました。ヒメツルソバとヒメイワダレソウが、すぐ身近に存在していたのです。「世界は狭い！」と思わず感嘆の声を上げました。

これらの草花はロックガーデンやグランドカバー用として明治時代に日本に伝搬されたものが広がり、定着したと説明があります。じつはわたしたちが思う以上に、植物はずっとたくましく、生きる上での独自の知恵や工夫を持っていることを教えてくれるのが、『ふしぎの植物学』です。

著者は、「植物たちの生き方は、私たちの好奇心を刺激し、新鮮な疑問を喚起して、私たちの心をとらえる。暮らしの中で出会う植物たちの話題や不思議は、植物たちの生き方や生きるしくみにつながっている」と述べて、本文へといざないます。たとえば、わたしたちが〝ゆたかな自然〟を感じるとき、そこには緑色の植物が必ずありますが、「葉っぱはなぜ緑色か」という素朴な疑問を抱いたら、それを説明してほしいと思う。そこで、わたしはそのことを取り上げたページをめくり、「なるほど」「へえー」と、驚きつつ納得します。葉っぱは太陽の光の色をえり好み（識別）して、緑色以外の色を食べてしまう、つまり吸収してしまい、緑色光のみを反射したり透過させたりするために緑に見えるということです（21～25頁）。そして、緑色によって人間は神経が安らかになったり、気持ちよくなったりするという説明にまたまた納得です。

「本書を読み終わられるころ、暮らしの中で出会う植物たちに『けなげに、生きているんだね』『頑張って、花を咲かせてよ』『私たちより、かしこいかもね』などと、声をかけたい気持ちになってほしいと願っている」と、著者は序文を結んでいます。

＊　＊　＊

『ふしぎの植物学』からもう一つの話題を取り上げてみましょう。「植物たちは、自然の中で、ストレスを感じることはないのだろうか?」という疑問があります。それに対して、「植物もストレスを感じている」と著者はきっぱりと答えています。そしてそれがさまざまな具体例を挙げながら説明されます。植物の感情は動物のそれよりもわたしたちにはわかりにくいので、つい軽く見てしまいがちですが、自分の能力いっぱいの成長や結実をしていないのは、悪い条件のもとでストレスと闘い、疲れている様子を現しているそうです。たとえば、光、温度、水は植物の成長に欠かせないものですが、「光が強ければ強い光に悩み、弱ければ十分に成長できない。温度が高ければ植物の成長は弱り、低ければ成長が遅れる。水が不足すれば乾燥のストレスに出合い、水がありすぎたら根腐れの心配がでてくる。これは、光、温度、水が、植物たちの『悩みのタネ』になっていることを意味する」(45頁)「数多くのストレスの中で、夏の暑さが、自然の中の植物たちに最もこたえるものの一つである。暑い夏に、植物たちは、エアコンのないアウトドア生活をしているのだ。植物たちには、暑さを解消する秘策があるのかと、心配になる」(46頁)と著者は述べます。

じりじり照りつける真夏の太陽のもと、水が不足してぐったりしている鉢植えの植物を見るといたたまれない気持ちになり、すぐにでも水をやりたくなりますが、もしその炎天下で水をやると、毛細管現象によって鉢の底にあったわずかの水分まで吸い上げて蒸散させてしまうとのこと。何のために水をやったのか、まったく余計なお世話かもしれません。植物が本当にほしがっているときに、タイミングよく与えることが大切だが、「水やり十年」との言があるように熟練を要することです。

何日か留守にしても、地植えの植物はさほど水やりを気にしないでもよいのは、水分を吸い上げる根の働きに期待できるからです。根はハングリー精神を発揮し、水源に届くまでどんどん先端を伸ばしていきます。結果、しっかりと地面に根を張ることになり、ちょっとやそっとの風にもなぎ倒されないくらい丈夫になるのです。

＊　＊　＊

このハングリー精神と丈夫さの因果関係は、人間の場合にも当てはまる部分があると思います。ストレスに強くなるということもしかりで、子どもにとっても多少のストレスの存在は、成長のために必要なものです。そんなことを考えていくと、キャンプに参加する子どもの状態も理解しやすくなります。とことんお腹がすく文字通りのハングリーな状況では、人は何とかしようと頑張ります。食事にありついた時には、ほんとうにおいしく、ありがたい気持ちになります。過保護なくらいに整えられた家庭環境から離れてアウトドア生活をする間、子どもたちはさまざまなストレスを感じることでしょうが、このストレスに耐えていく過程において、植物と同じく強くなるのではないでしょうか。人間には、ヒトとしての知恵をはたらかせる能力が授けられています。年齢に応じてその能力が開かれていくには、さまざまな現実場面に遭遇することをおいて他にはないということを実感します。愛しの草花たち＝愛しの子どもたちがすくすくと成長し、充実した日々を過ごせるよう、わたしたち大人ができる適切な水やりを、これからも心がけていきたいと思っています。

※本稿は『やがい研三十周年記念誌』（二〇一三年）掲載の「愛しの草花たち――やがい研三十周年記念によせて」に改稿を加えたものです。

ヒメツルソバ（下）と
ヒメイワダレソウ

年齢《とし》をきく

ある日の夕方、娘に誘われて夫の生前なじみだった小さなすし屋に行った。暖簾をくぐると、めずらしくマスターの姿が見えずママさんだけがカウンター内にいて、いつものように威勢の良い声で迎えてくれる。先客の男性が二人、手前のほうのカウンターにちょっとだらけた格好で陣取っていて、わたしたちに親しそうな笑顔をむけて何か言った。

面識がない人たちだったのでわたしは軽く挨拶して、カウンターの一番奥の椅子に娘と並んで座った。壁に貼られた手書きのメニューに目を凝らし、注文する品を選んでいると、彼らは女二人連れのあいだがらに興味を示し、母娘だと分かったうえでしきりに娘に声をかけてきた。鮮やかな緑色のゆったりしたブラウスを着ている娘に、手前の一人が「それ制服でしょう」と訊く。介護の仕事の帰りかと推測して言ったらしい（トレンドの服なのに！と後で娘はぼやいていた）。しばらくして『お母さんいくつ』っておじさんがきいているよ」と、娘がわたしの肩をつつく。えっ、初対面の女性に対していきなりそういう質問をするか？　とわたしは少々気をそがれて口ごもっていると、その人は言った。

「九十に近い、ですか？」

のけぞった。九十に近いということは八十八、九歳と踏んだのか。わたしのことをよく知っているママさんもあきれた顔をしている。もちろん、もう何年か生き延びればそういう年齢になるとしても、早々とトシをとらせないでほしい。施設で働いている娘が制服のまま要介護の母親を連れてきたとでも思ったか。勝手に思い込み物語をおしつけないでいただきたい…と、だんだん腹がたってきた。

「お母さん、今日腰が痛いって腰をかばっているから…」などとフォローする娘をよそに憮然としていると、何となくしらけた雰囲気を感じたのか、その人は娘とママさんに生ビールを一杯ずつおごると言いおいて、もう一人の相棒を残してそそくさと店を出ていった。

わたしはこれまで人と接していて「年齢《とし》」を知りたいと思ったときには、子どもならば少し加算して言ってみる。例えばよちよち歩きをはじめている赤ちゃんの母親に対しては、

「もうお誕生日すぎました？」

「この月の終わりに十一か月になります」

「まぁ、しっかりしたあんよができますのね」などと。

大抵の母親は順調に育っているわが子の様子の確証を得た気持ちになり、笑顔になる。

逆に中高年の人には、思ったよりも十歳くらい引いて言ってみる。そうすると素直な人は実年齢を明かすことがあるし、「いえいえ」と言いつつ少なくともまんざらでもない表情になる人が多い。

かつてネパールのポカラで、永年カトリックの司牧をされていたイエズス会の大木章次郎神父にお会いした。大木神父は初めて訪ねる人ごとに「わたし、何歳に見えますか」と訊かれるとのことで、わたしもそのクイズに対し、異国でバリバリ働いておられることから推して、少し若目に「五十七歳、くらいでしょうか？」と答えると、神父は楽しそうに笑いながら、「七十四歳です」と言われ、驚いた。ご自分でも若く見られると自認しておられたようだし、事実とても若々しかった。それを「八十に近い、ですか？」などと言われたらどうだろう。

同じネパールでの体験だが、独りでぶらぶら歩いていてあるボーディング・スクール（寄宿学校）の校庭を覗いたときのこと。遊具であそびながら、わたしに向かい「ハウ オールド アーユー？」と質問した八歳くらいの男の子がいた。その学校は政府要員や大使館などに勤務する人の子弟が学ぶ、すべての授業が英語で行われている名門校である。わたしが冗談に「えーと、二百十六歳」と英語で答えると、「アイムア サウザンド イヤーズ オールド（ぼくは千歳！）」と腰に手を当てて小さなおなかを張り出し、祖父か誰かのしぐさらしい真似をしてみせる。そして笑いこける。一般的に、子どもにとっては逆に、年齢が少しでも大きいことはすごいことなのだ。冗談を理解して、さらに大きな冗談で返す、目のくりくりしたかわいい坊やだった。

日本の子どもは同じような場面で、概してとても生真面目な反応をする。

スクール・カウンセリングで訪れる小学校や幼児キャンプで、わたしは何回となく年齢をきかれた。もったいぶって「あのね、二百十…」などと言いかけると、ある男の子が「え〜」と半信半疑でさえぎり、「もしそうだったら、テレビに出てるよ〜」などと、真顔で現実吟味をしようとするのである。

そうか。すし屋の男性客にも、「何をおっしゃる、当年とって二百七十三歳ですよ」なんて言ったら、どんな反応をしただろう。あの時はちょっと気分に余裕がなくて、惜しいことをした。

福良《ふくら》のサンセット

中学時代の同窓会が兵庫県の淡路島で開かれた。齢七十六の同級生で、これがたぶん最後の集まりかなと世話係の人が言うので、わたしは甲府から始発の電車で出かけた。

会は和やかに終わり、旧友たちと別れた後、一泊しようと決めている場所があった。島の南端、鳴門の渦潮に近い町、福良である。

閑散としたターミナルで、独りバスを待っていると、年配の男性職員も手もちぶさただったらしく近づいて来て、福良ではどこに泊まるかと訊ねる。「国民休暇村」と答えると、彼はこんな話をはじめた。

「初代の支配人が偉い人でね、堅苦しい公立のイメージを払しょくして、ここの休暇村の集客率を日本一にしたことで、この島では有名ですよ」

驚いた。そして意外な話だった。実は初代の支配人は、わたしの父である。まず見ず知らずの人から、偶然父のことが語られたということ。そして、それ以上に、父に対するわたしのゆるぎないイメージは、子どもの心などまったく理解しようとしない頑固一徹のカタブツであり、そんな柔軟な発想ができる人とは考えてもみなかったからである。

「子どもは厳しくしつけないと、ろくな者にはならん」

五人の子どもを育てるにあたっての父の信条だった。そして家族で囲む食卓は、いつも父のお説教の場である。わたしは食事どきはもっと楽しい雰囲気だといいなといつも思った。ある時兄が勇気を出して父に抗議すると、

「この時でないとお前たちをつかまえられないからだ」

苦笑いをしながら父がそう言い訳した時、中学生のわたしは少し父の人間性を垣間見た。しかし父の説教は、兄弟姉妹に反面教師的なものを感じさせたことの方が大きかったように思う。

父は兵庫県営の実験農場長の職を定年で辞した後、乞われてかどうか、福良に新設された国民休暇村南淡路の支配人として赴任した。大学生になっていたわたしは、お堅い公務員の農林技師として長年勤めてきた人が、いわゆる一種のサービス業など務まるのかしらんなどと、他人事のように思う生意気な娘だった。後に続く妹弟の学費も必要で経済的にも大変だったにちがいないが、親のそんないろんな思いを考えてみようともしなかった。

親子間の心理的関係は、少なくともわたしの側では修復されないまま、父は逝った。享年七十六歳だった。父の晩年にかかわりあるその場所を訪ねてみたくなったのも、自分が同じ歳になったとき。偶然とはいえ、なんとなく不思議な気がしてきた。

バスセンターの職員から思いがけない話をきいたわたしは、後ろめたいような戸惑いと、うれしさ、悔恨などいろんな思いがごちゃまぜになった心を抱えながら、福良へ向かうバスの窓から外の景色を眺めた。小雨が降っていた。

国民休暇村のホテルは眺めの良い高台に建っている。新館の瀟洒《しょうしゃ》な部屋で簡単な旅装を解き、ベランダに出ると、雨上がりの見事なサンセットが山際に輝き、入江を茜色に染めていた。久々に見る海に沈む夕陽の輝きがわたしの胸を熱くした。父もきっと眺めただろうその光景、「来てよかった」と思った。

——何もかも許しあえると感じさせる世界があった。もしかしたら頑《かたく》なのはわたしのほうではなかったか。

※本稿は旅行ペンクラブ『ペンバード』創立五〇周年記念号（二〇一四年）掲載の「旅・その力」（公募エッセー優秀賞受賞）を加筆改稿したものです。

『イグアナの娘』にみる母と娘

はじめに

ずっと以前に、萩尾望都著『イグアナの娘』（小学館、一九九四）を読んだときには衝撃を受けた。マンガだといって軽く扱うのはもってのほか、巧みな絵によって、ねらった内容の表現が二倍にも三倍にもなって読者の胸に届く力を持っている。作品のテーマは「母の娘に対するネグレクト（人権無視的拒否）型虐待と娘にとってはその関係性呪縛との生涯かけてのたたかい」である。

白雪姫、ヘンゼルとグレーテル、シンデレラなどよく知られているグリム童話やアンデルセン童話をはじめ、各国に伝わる昔話には実母による娘虐待の話がたくさんあるが、子どもに語るには刺激が強すぎるというので継母や魔女としてカムフラージュされていることが多い。だが実母だからこその葛藤や悩みが、母親の側にも娘の側にも深刻な影を濃く落とすのである。

こういった母娘の問題について、わたしがスクールカウンセリングの場などで出会った事例（すべて仮名）をとおして、娘の不安や悲しみ、母の悩み苦しみと相互のねじくれた愛の形を、前掲の『イグアナの娘』と照らしあわせながら考えてみたい。

第一話　ナナの事例

母「どうしてもあの子と手がつなげないのです…」

母「この間も下の二人の娘とナナがわたしの背中に寄りかかっていて、わたしの前に手を出していたので、その手をなでていたのです、てっきり下の子の手だと思って。ふと、それがナナの手だとわかった途端にぞ〜っとして、思わず放してしまいました」

ものすごい告白であるにもかかわらず、細面のととのったその人の顔は、わずかも歪むことなく、他人事のようにすらすらと述べられるのに、何となく奇異な感じを受けた。しかし片眼がやや斜視ぎみに動くのが、落ち着きのある上品な表情の完璧さのバランスを崩すものとして、この方の内面の苦しさを精一杯表出しているように思えた。わたしはナナの母の言にふれたとき、即座に『イグアナの娘』を想い起こしていた。母の言とイメージが重なるページの引用を〈**注**〉として添えながら考察してみる。

母「出産の時、難産で、『痛みどめなしでも我慢できますか?』と医者に聞かれ、ハイと返事したのですが、生まれた瞬間、(赤ちゃんが)真っ黒なシルエットで小悪魔のように思えて――。二日間意識が朦朧として、赤ちゃんを見なかったんです。ベッドで気がついて『わたし、何しに入院しているのだろう?』って。そして『あ、そうだ、赤ちゃん産んだんだ』って。十六キロ太って退院しました」

〈注①〉

原作では、むかしガラパゴス島のイグアナ姫が、人間の王子様に恋してしまい、魔法使いに人間の娘に変えてもらった(略)リカと名づけられた女の子を産んだとき、母ゆりこは自分の(前世の)素性を記憶からすっかり消してしまっているのだが、そこには拭い去りきれない、DNAの澱《おり》のようなものがあり、イグアナに見える長女を最初から受け入れられない。〈原文8、9頁〉

ナナの母もその昔…というわけではないだろうが、いずれも娘によって母性が開かれることができない母と子の出会いがあった。かわいいと思えないので、最低の世話はするが子どもは敏感にそのちぐはぐを感じ取って、ますます手を焼かせる行動に出る。

母「ナナが最近よく熱を出すのです(三七度八分くらい)。そして幼児のような『ひぃーっ』というものすごい泣き方をする、『ひぃーっ』って。駄々っ子のようで、いっぱい単語を並べるけど、ちゃんとした言葉になってなくてさっぱりわからないので、『あんた、けっきょく何が言いたいのよ！』ということになってしまうんです」

ナナ＝小学六年生の三学期。「頭がものすごく痒《かゆ》いのが気になる」ので、クリニックで診てもらったところ、ドクターから心理的なものではないか、と言われて、担任に付き添われてスクールカウンセラーのところに来た（途中で担任は席をはずす）。母親も相談したいと言っているとの情報もあった。〈　〉はカウンセラー）

〈どういう時にとくに頭が痒い？〉

ナナ「学校にいるときよりも家にいるときのほうが痒いと感じる」

〈そういう時は〉

ナナ「かきむしったり、じっと我慢していたりするけど、意識すれば、気になる」

〈お母さんが相談面接を希望していることは〉

ナナ「知っている。そうしてくれるとよいと思う」

〈妹たちは〉

ナナ「下の妹はかわいい。真ん中の妹とはケンカをよくする」
〈友だちは〉
ナナ「仲良しの友だち二人が私立のE中学に進学が決まり、さびしい」
〈あなたもいっしょにE中に行きたかった?〉
ナナ「わたしも、もっとアタマがよかったら行きたかったけど…」(実際には成績はクラスで上位)
〈男の子は?〉
ナナ「普通に話す子はいるけど、一人だけ、一人でまだよかったんだけど、わたしの口の周りが黒いことをあざけって言った」(ぽろぽろと涙がこぼれる)

ナナは痩せぎすで表情も硬かったが、たずねられたことに関しては素直にきちんとわかりやすく説明し、知的な問題などはまったく感じられない。しかし自己評価が低く、自己イメージも悪い。

母は日頃〝ナナは醜い〟とどこかで口走っているのだろう。それを悲しく思う娘は、しかし母をなじったりできない。クラスの男の子がナナの顔の欠点を面白半分に言ったとき、ナナは深く傷つき、そのことをカウンセラーに話して泣いてしまう。これは母に対する告発の代替であったと思われる。

ナナの面接の一週間後に母親の来室があり、冒頭のような訴えがあった。

娘、母の面接があってから後、偶然廊下でナナに会ったりすると、にこっとして挨拶をし、表情が柔らかくなったと感じた。担任の先生にも最近「わたしのテストの出来はどうだった？」などと聞きにきたり、「先生、年齢をきかれたら〝永遠の三十歳〟って言いなさいね」と冗談を言ったりするという。話し好きで、話し方も上手だと言う担任のナナ像と、母親が語る家庭での彼女のそれとはずいぶん食い違うものがあった。退行（赤ちゃん帰り）して母に訴えているものを、母はわからないし、わかろうとできない悲劇がある。

二週間後、単身赴任中の父と母がそろって来室された。この日、母はマスクを着けていた。

〈父母からみてどんな子？〉

母「何をするにもすんなりできない、皆でいっしょに出かけるときにも『待って、まって』と時をわきまえず、マンガ本などを際限なく読んでぐずぐずと待たせたりして、わたしもつい『おまえ、怒ってほしいの？』と言ってしまう。これだけはしてほしくないと思うことをピンポイントでやって、わたしの神経を逆なでするのです。主人も二番目の女の子が生まれたときには、この子はかわいいねぇと言って抱き上げていました」

〈**注②**〉

母はもう赤ちゃんなんてこりごりというのでなく、今度こそかわいがれるかわいい子を！　と切に願い、念願かなうと、母の愛は二番目の娘に集中し、長女は何をしても母の気に入らず、ますます疎まれるようになる。〈原文10、11頁〉

母「二番目の子は、箪笥の中もきちんとしていて、つい比較して長女を叱ることが多いです。登校班の責任がある立場でも、放っておけばあれ忘れたこれ忘れたと遅刻し、妹のほうが待つくらい」

〈**注③**〉

妹は母のお気にいりで、その妹と常に比較されて長女は〝ぐずでダメな子〟という烙印を押されてしまい、その烙印の役割を演じてしまいがちである。〈原文17頁〉

父「ふしぎなのは、隣で呼んでいても聞いてない、見てない。協調性がないです。『どうせわたしなんか叱られるんだから』とか、自分はできないという先入観が強いようです。わたし自身も経験があるが、三年生のころ父から左利きを厳しく矯正させられた。ナナの場合も利き手を二回ほど変えている。そんなことも影響しているかもしれません。時々大人っぽい顔つきをすることがあり、そろそろ大人として扱わないといけないなと思うことがあります。あと一年くらいの間に受けとめて、伸ばしてあげないと」

娘が思春期にさしかかる五、六年生のころ、幼児期からくすぶって持ち越した問題があって再度取り組む場合に、母親との衝突が沸騰する。第二次反抗期と重なるためである。したがって親の側のやりきれない焦りから、面接にも積極的になられ、第三者が介入することが結果として、家族内の緊張を緩めることが多い。

第二話　ミミの事例

ミミ＝小学六年生の一学期〜二学期。一学期中の彼女の顔貌は長い前髪が顔の半分を覆い隠しており、ゲゲゲの鬼太郎のような一眼の鋭い目付きで見据えるとかなり迫力があるという風評があった。学校の備品や消耗品のたぐいの小さなものをくすねてクラスの手下のような子らに与えたりし、周囲はそれを知っていて悪いことと思っても、仕返しを恐れて誰も口にできない。学級の役員などを自ら買って出て目立つことを好むが、きちんと役割を遂行するというレベルにはない。これらはミミの心の不満のあらわれだと担任は見ていた。

二学期になってからは、しばしば保健室を訪れ、甘えてわがままな行動をとるので、養護教諭も扱いに苦慮しているとのことであった。休み時間はもとより、とくに国語や算数の時間になると、プリントなどを携えて、さっと保健室へ移動してくる。その際には最低限担任教師の許可を得てくるが、保健室は彼女にとって治外法権の場所であり、さっさとプリントをやり終えるとソファなどに寝そべってマンガ本を開いたりし始める。養護教諭が「いまは休み時間ではありません。プリントが終わったら、机で漢字書き取りでもしなさい」といった注意を与えると、ミミは一応従うといった過ごし方であった。時には養護教諭といっしょに〝〇〇探し〟というようなゲームをしたり、「昨日は放課後どこに行ったの?」というような会話を交わす場面もあったりして、ミミにとっては癒しの場であろうが、学校側としてはミミに同調して保健室へ遊びに入り浸る同級生が増えて困るといった問題も発生していた。

そのころになって、ミミの母親が面接に来られた。

母「ミミはここ一、二週間ほどは家でも落ち着いている。子育ての悩みを人に言うなんてことは恥ずかしくてできなかったが、思い余って会社の先輩などに話したら、いろいろよいアドバイスをいただいて、自分もいっぱいいっぱいになっていた状態から少しゆとりができたように思える。児童自立支援施設（旧教護院）へ入所させようかと本気で考えて、先日担任の先生にそのことを話したのですが、『それはどうでしょう、スクールカウンセラーに相談してみてください』と言われたので（ここに来た）」

母「友だちに言われて〝一日一回は抱きしめて触れてあげること〟に努めようとしている。まっすぐ育ってもらいたいという思いが強くて、守れもしない時間に門限を決めたり、厳しく制限をしては約束を破ったといっては叱る、頭から押さえつけるという毎日だったことも、先輩に指摘された」

母「実はわたしは幼いころに母に死なれて、父に育てられた。長女として母代わりに弟たちの面倒も見たし、しっかりしていた。そういう自分に比較してミミを頼りなく不満に思ってしまうことが多かったと思う。七人の子どもを産んで、ミミは五番目。はじめて子育ての悩みにぶつかった。四歳下の妹が超未熟児で手がかかったので、ミミは嫉妬することが多かった」

母　「先日『お母さんはわたしを頼ってくれない』とミミに言われたことや、『わたしは、生まれてこなかったほうがよかったのかなー』とつぶやくのを聞いて（涙）、これはこたえた」

ミミの母は、自分も愛情不足で育ったこと、自分が母親にしてもらったやさしい扱いの体験が不足していたことに思い至っている。加えて、現在は事情で自分ひとりで子どもを育てていることもあり、まさに一人でしゃかりきに父親をやっていた、と述懐された。

この母はこの時点ですでに、ミミを施設に入れては彼女が態度を矯正してやさしい子になるどころか、母に捨てられた子という思いしか抱かないだろうということを、しっかりと洞察している。また子どもに対して、〝決して言ってはいけない一言〟を言ってしまっていることの償いをしなければ、という厳しい眼を自分にむけている。この母に対してわたしは「ご自分を責めすぎないで」と言うにとどめた。

その後ミミに保健室で会ったとき、すっかり別人かと思った。顔半分を覆っていた前髪をかわいいピンで頭頂に留め、全貌をあらわしていた。初めて見る顔のようだった。想像していたよりずっと平凡な眼をした、どこにでもいるおてんばで元気な小学生だった。先生たちもこぞって、髪をあげているほうがかわいいよなどと、声をかけていた。動作は機敏で、短距離走の選手に選ばれるくらい足も速いミミ。できることを正当に認められ、〝自分の居場所〟を認識することによるある種の落ち着きがみられている。

ただ、ミミが一直線に情緒安定を勝ち取ることができるとは考えにくい。澱のようにたまっている愛されることへの根深い不信感や、『わたしは、生まれてこなかったほうがよかったのか』という存在の不安感、コンプレックスをどうやって篩《ふる》いにかけ、母との関係を改善できるか。それは現実問題としてひじょうに重い課題と言わねばならない。

第三話　ノノの事例

ノノ＝小学一年生一学期。入学当初より母からの分離抵抗をはげしく示していた。

ノノ「ママがいいの！　だっこしてほしいの！」

無理やり引き離すと、三十分から一時間ほど大声で叫んで泣きつづけ、激しく足を踏み鳴らす。担任はいろいろ試みていたが、日を追って増幅し繰り返されている状態に、授業の邪魔にもなるというのでついに六月に入ってからスクールカウンセラーに相談があった。母親の言では一時はストレス性弱視と診断された心身症の発症もあったという。

六月下旬のある日、母親が車で送ってくる場面から観察した。前日から母が一定時間教室にいるという状況が作られていて、当日は一校時だけという約束（母が決めた）だった。いつも二歳の妹（A）を伴っている。教室の後ろで幼い妹が母のひざにまとわりつき、絵本を読んでもらったりしている様子を、何度も何度も振り返って見ていたが、時間が迫ってくるとノノは顔をゆがめて腹痛を訴え、母親の引止め策に出る。そして母は押しまくられてずるずると午前中教室にいるということになってしまう。

ノノは小柄できゃしゃな体つきだが、決して気が弱いわけではない。むしろ、傍若無人に言いたいことをはっきり言い、駄々をこねて周りを支配する様子である。ノノの気がかりは、自分が学校にいる間に妹のAが母を独占し、自分から母を完全に奪ってしまうことなのである。であれば、妹が母にべったりしている様子を見せつける状況は好ましくない。

ノノのために教室にいてやるのであれば、妹は何とかして連れてこない工夫をしてほしいことを担任から話してもらう。母親はノノの所かまわずの「だっこ！」の要求に応えてはいるが、怒りを内に含みながらポーズをとっている感じがあり、ノノは真にホールドされている実感がないのだろう。

一方の母は、ノノが登校に抵抗するのは、学級で何かいやなことがあるせいだと思いたい。「教室でどんなイヤなことがあったの？」と問い詰めて毎日のように犯人探しをしていたらしい。そう言われるとノノは、はなから登校がおもしろくないのだから、「あれがいや、これがいや」といろいろ言う。ある時学級に同席してみて、母は「これだ！」と思ったという。「朝の会」の雰囲気が悪い！　そうして「朝の会が終わる時間から登校する？」などとなだめすかして今日に至ったという。

次の時も最初にクラスでの様子を観察し、三十分休みに別室で母と面談した。ノノもついてきて、ちょっと離れたところで行儀よくノートに字などを書いている。

母「四歳下の妹が生まれたときから『だっこ、だっこ』と言いつつ、右といえば左と反抗的で。自分はきちっとしたい性格で、ノノがわがままを言っても怒らずにいるのに、それでも反発されるとカチンときて…。そんな時、ストレス性の弱視と医者に言われた。『やっぱり、わたしだな』と。ノノが学校に来たがらないのは、学級での何かがイヤというのではないのですね」

続いて、ノノにインタビューする。

〈お家でいちばん好きなのは？〉
ノノ「ママ」
〈その次は？〉
ノノ「パパ」
〈その次は？〉
ノノ「A（妹の名前）」
〈その次は？〉
ノノ「もういない」
〈犬とか猫とかはいない？〉
ノノ「犬がいる」
〈犬の名前はなんていうの？〉

ノノ（首をひねって無言。興味ないらしい）
〈どんな遊びが好き？〉
ノノ「かくれんぼう！（即座に答える）かくれて見つけてもらうの、すき。おうちでパパとAなんかとする。Aはすぐ出てきちゃうの」

典型的な「いないいない・ばあ」あそびだ。子どもの好む遊びにはその時最も関心が高いものが表れる。ノノの取り組んでいる問題は喪失への不安であり、妹の誕生を契機として、小学校入学という事態が重なり、愛着対象喪失の危機に直面している状態（いないいない）であり、見つけてもらうこと（ばあ）を必死で求めている。好きな遊びは明白にそれを語っている。

七月中旬、朝の会が終わった後、ノノは廊下で泣きべそをかいて母が帰るのに抵抗していた。学年主任の先生も加わって、緊張した雰囲気である。

ノノ「きのう、がんばったのに、ママはだっこしてくれなかった！」
母「だっこしてあげたじゃない！」

ノノは母の〝こころ〟がだっこしてくれなかったことを感じていたのではなかったか。わたしが「先生にだっこさせて」と言うと、ノノは一瞬ためらった後、身をあずけてくる。しかし肩に手をかけないで固まったままだった。窓から外の景色をいろいろ見せると、嫌がらないまでも、別世界のことを示されているかのようにキョトンとしている。母との関係をめぐることに関心が一極集中していて、そのほかのことに無感覚・無関心になっていることがわかる。

〝ストレス性弱視〟という症状は、心理的な視野の狭さそのものであり、この時のノノの心的特徴を表している。カウンセラーと外を見ている間に、母は逃げるように帰る。ノノは観念したように席に戻った。

二学期に入ってから、ノノは自分で歩いて登校する日も増えている、と学級担任から報告を受けた。「『先生は、ノノさんを特別扱いはしないよ』と言いわたし、ノノも承知した。このまま様子を見ることにしたい。ただ知的には問題がない児童だが、『〇〇月生まれのおともだち～　みんな出てきて踊りましょ♪』という遊びをしたときに、ノノが自分の誕生月を知らない様子なのが、妙だと感じた」と担任の女性教師が言われた。子どもは元来成長する力をもっているが、安心・安全感が脅かされる体験によって、他のことにエネルギーが注がれなくなり、順調な成長が望めなくなる。

ノノは、相当に表現的な子どもなので、「だっこしてほしい＝愛してほしい」となりふり構わず欲求の核心を突きつける。それを本当にわかって受けとめてもらえるかどうかであった。

三学期の初めには普通にクラスにとけこみ、親しい友だちもできた様子である。入学当初はあんなに苦労だった子が、このように変身をとげたということに、担任はかなり感動していたが、「母親はそのことについて特に喜んでいるような表現もしないことに、いささか疑問というか、不思議を感じる」と、すれ違いざまに話してくれた。

三学期の終わり。クラス全体に向けて先生が言ったこともノノに通じるようになった。自分のほうから先生に近づき、お手伝いもとてもよくしてくれるとのことである。学級担任の先生がノノの学校での安定した愛着対象として裏切らない存在となった（ちゃんと〝だっこ〟されている確信が得られた）結果、視野が広がって周りが見えるようになったと推察された。

『イグアナの娘』と事例をめぐって

原作では、主人公である娘リカはイグアナだから母から嫌われるという悲しみを抱えたまま、〝烙印の子＝イグアナ〟を生きようと開き直った。そういうタイプの娘もいれば、退行的行為でもって欲求を突きつける子ども、盗みなど反社会的な行為をして親の注意を惹こうとする子どももある。

ここで取り上げた事例の娘たちに共通しているのは、母の愛を奪った妹への嫉妬があり、何とかしてそれを取り戻そう、少なくとも母からもう少しやさしくかまってもらいたい願望に突き動かされるように無意識的な知恵をいろいろ働かせる。赤ちゃんを装う退行現象や、つっぱり行動や、医者が〝ストレス性の〟とか〝心理的な〟と診断するような身体が表現する心身症もその一つである。だが年齢にふさわしくないそういった不可解な言動や症状によって、かえって母のイライラや怒りを含んだ不安を増大させるといった空回りのなかで、姉娘は三角関係の妹を憎む。憎みながら母に気に入られようとして献身的に振舞ったりするが、それも母から拒絶されると、妹をゴツンとやって、さらに母の不興を買う結果になる。

〈注④〉

娘リカは小学高学年で開き直り、イグアナとして生きていこうと決心する。間違って人間の赤ん坊はイグアナの家族のところで入れ替わって生まれてしまった。その赤ちゃんはすぐに死んだわね。だって誰もお乳くれなかったから。イグアナにはおっぱいないし。と夢想し、出生物語をつくるリカ。「そうだ　あたし　大きくなったらガラパゴス諸島へ行って　あたしの本当のお父さんとお母さんを探そう」この思いに支えられてリカはイグアナとして生きる勇気を得た。〈原文28頁〉

それには、人間の母を抹殺しなければならなかった。それは母を内在化することが不可能だったということである。娘の場合、母親を乗り越えていくために戦うが、抹殺しきることはできない。母を内在化した自分を生きていくのである。母を抹殺するということは同時に人間の自分をも消してしまうことだった。「人間の赤ちゃんはすぐに死んだ」というリカの夢想にそれがはっきりと語られている。イグアナには乳房がない。つまり女性として母としての生き方を放棄しなければならない。リカの中学・高校時代は原作ではほとんど省略されているが、成績はよく、一流大学へ進学する。そこでリカは、羊に見えるボーイフレンドと出会うが、夢でイグアナである自分が相手を食ってしまうことに気づくのだ。イグアナであるがために恋愛もできないという悩みにぶつかる。〈原文34頁〉

原作のその後の展開がおもしろいのだが、ここでは大人になったリカと母の関係そしてリカの生んだ娘との関係については割愛する。とりあげた三事例の少女らが、思春期そこそこの段階にいるのと、一例はまだ幼児期心性を生きる年齢だからである。

視点を子どもを愛せない母ゆりこのほうに移してみよう。子ども時代のリカと母の関係の中で、母がリカについて否定的な台詞を吐いているものを拾ってみると、

「イヤー　こんな子イヤよ！」

「あの歯のはえた口で　食いつかれそうよ！」

「子供のくせ　リカは声がしゃがれてて　つぶれたトカゲみたいな声ね」

「女の子なのに飾りがいがなくって…」

「ぶさいくなくせに　化粧なんて！」

「小学生のくせにませちゃって…！」

「リカって…頭いいの…？　あのブスいイグアナが？

マミちゃん（妹娘）よりも…？　イグアナのくせにまあ……なまいき!!」

「二度とイグアナなんていうんじゃありません!!」

（リカが母の誕生日にプレゼントした手鏡に対して）「千五百円も！　あんたまたムダ

づかいばかりして！　こんなもの買って！　ママいらない　お店に返していらっしゃい！」

このように表面的には人間である母ゆりこの中には、誰にも認識できないレベルでイグアナが生きているために、リカを嫌悪しつくすのである。すなわち、母にとって当の娘は認めたくない自分（自覚できない本性）を映し出す鏡であり、娘にとっても母の言葉は自分を映す鏡である。母の言葉によって、自分が醜いイグアナだと確信していく娘。あの手この手で愛されようとあがくが、歯車はかみ合っていかない。リカは開き直らない限り生きていけなかった。

さて、ナナ、ミミ、ノノ、この三人の娘たちはその後、母親とどんな鏡を覗きあっているだろうか。わたしは特殊な第三者として傍らから、それぞれの心の鏡を開いて見せてもらった。スクールカウンセラーの役割は、母たちの抱える心奥のしこりが溶けるのを支え、ともに娘の成長に希望を託しつつ、深い霧の向こうに出口の光が見つかることを信じて、寄り添って歩くことではないかと思う。

※本稿は身延山大学仏教学部紀要第一〇号（二〇〇九年）所収の論文「娘・母関係の物語（四）」を一部改稿したものです。

あとがき――つまみ食い――

わたしはめっぽう好奇心が強い子どもでした。道に人だかりがあると、観ないで通りすぎることなんてできない。駆けよって人垣の隙間からのぞこうとします。そんなとき、姉とか兄とか年上の連れがいればわたしの腕をひっぱり、無言で冷静な目配せとともに首を横に振る。わたしは、はしたないと言われているのがわかるので従います。しかし「なんだろう」の疑問が残ったままの消化不良の気分で、おちつかなかったものです。長い道のりを歩いてきた今も、好奇心を原動力としてあっちこっちに道草をしがちという性質は、変わっていません。

当然趣味も多岐にわたり、通信講座や習いごとにもいろいろと手を出しましたが、途中までは熱心に取りくむものの、なかなか〝モノ〟にはなりません。あれこれの〝つまみ食い〟にあきれた家人が、「また始めるの？　いつやめるかなぁ」「えっ、あんがい続いているじゃん」などと冷やかす始末です。

そんななかで、植物だけは、相手が飽きさせません。わたしが暮らす山梨はさいわい、草木の緑で目が洗われるような環境にどっぷりとつかりながら四季折々の草花と付きあいができ、とりわけ食べられる身近な野草に関しては、わたしの専門とまちがえられるほどになりました。

　野草料理——なかでも〝野草のてんぷら〟は得意で、まどみちおさんの詩「てんぷらぴりぴり」にうたわれているように、わたしがキャンプ場で、夏ならばアカツメグサの花やオオバコや葛の葉っぱなどを揚げ始めると、待ちきれず人が寄ってきます。てんぷらは熱いところをふうふう吹きながらの〝つまみ食い〟が一番おいしい！　ので、ハーブ入りの塩をちょっとつけてあれこれの味見をすすめると、栽培された野菜にはない、身近な野草の新鮮な味におどろき、皆、笑顔になります。

　そんなわけで、このエッセイ集におさめたそれぞれの文章もまた、連想のおもむくままにテーマもあちこちに飛んだ〝つまみ食い〟的ですが、記憶の奥に「いない　いない」しているさまざまなものを、芋づる式に引っぱり出して眼前に「ばあ」と曝してみると、これまでかくれていたものが見えてきます。

　野草のてんぷらよろしく、身近な見すごされているものが存外においしかったり、そのうえ栄養があったりするわけですが、価値はどうであれ、まずはあなたにも一口味見をしてほしい。そんな気持ちで一冊にまとめました。

じつは、こんな未熟なものをまとめて世に出すなんて、と尻ごみしていたところ、「いつやるのですか、いまでしょう」と、わたしの背中を辛抱強く押し続けてくださったのは、春風社を仲間と立ち上げ現在はご自身のカンナ社を起こされている石橋幸子さん。そして前回『学のゆりかご』（共著、春風社、二〇二〇）でお世話になった、編集者の永瀬千尋さんの導き。そのおかげで、重い腰を上げることができました。春風社代表の三浦衛氏には、そのたぐいまれなセンスでもって本の題名などにアドバイスをいただきました。出版社の方々に、記して感謝いたします。

また、硬い表現になりがちなわたしの文章の癖を指摘して適切な指導をしてくださった、劇作家・演出家の水木亮氏にも心よりお礼申し上げます。

栄養価だけが野菜の価値ではない。「栄養のない野菜」であっても、タイミングと工夫次第で、おいしさが感じられ心身の滋養になることを信じ、また願いつつ……

二〇二三年　山梨の草廬《そうろ》にハーブがめざめる頃

著者

【著者】山田英美（やまだ・ひでみ）

山梨大学名誉教授・身延山大学名誉教授。スクールカウンセラー歴任。NPO法人やまなし幼児野外教育研究会会長。

専門は臨床発達心理学。

著書に『幼児キャンプ――森の体験』（共編、春風社、二〇〇一）、『幼児キャンプ――雪の体験』（共編、春風社、二〇〇四）、『ネパール家庭料理入門』（農文協、一九九五）他。

最近の楽しみ
・庭仕事
・オリジナル料理の工夫
・絵の鑑賞・パステル画描

※本書本文中に掲載したイラスト・写真は、すべて著者によるものです。

つまみ食《ぐ》いエッセイ集《しゅう》 **栄養《えいよう》のない野菜《やさい》**

2023年6月18日　初版発行

著者　山田英美　やまだ ひでみ

発行者　三浦衛
発行所　春風社 *Shumpusha Publishing Co.,Ltd.*
横浜市西区紅葉ヶ丘53　横浜市教育会館3階
〈電話〉045-261-3168　〈FAX〉045-261-3169
〈振替〉00200-1-37524
http://www.shumpu.com　info@shumpu.com

出版コーディネート　カンナ社
装丁　苑田菊見
印刷・製本　シナノ書籍印刷株式会社

乱丁・落丁本は送料小社負担でお取り替えいたします。
©Hidemi Yamada. All Rights Reserved. Printed in Japan.
ISBN 978-4-86110-881-5 C0095 ¥1800E